Un ramen para dos

Este libro contiene algunas escenas sexualmente muy explícitas y lenguaje adulto que podría ser considerado ofensivo para algunos lectores y no es recomendable para menores de edad.

El contenido de esta obra es ficción. Aunque contenga referencias a hechos históricos y lugares existentes, los nombres, personajes, y situaciones son ficticios. Cualquier semejanza con personas reales, vivas o muertas, empresas existentes, eventos o locales, es coincidencia y fruto de la imaginación del autor.

Un ramen para dos

Laura Barcali

-Capítulo 1-

Aquella tarde de finales de abril, David apagó su *PC gamer*[1] de alta gama y depositó los cascos sobre el teclado mecánico.

Se desperezó con la intención de darse una ducha relajante tras haber hecho un directo en Twitch desde su cuenta de Davigamer, jugando al *Minecraft Legends,* así que se dirigió al baño.

Mientras se despojaba de la ropa le dio vueltas a la mareante sensación que le producía pensar que su canal de YouTube contaba ya con 2 millones de seguidores y millones de visualizaciones.

Había comenzado aquello 6 años atrás como un mero entretenimiento mientras estudiaba programación. Sus vídeos o directos siempre eran cortos, animados, llenos de acción y risas, sobre todo para los críos que le seguían. Odiaba dar la nota por cosas negativas, como hacían otros por puro afán de enriquecerse a costa de crear polémicas o tener comportamientos tóxicos. Aunque él sabía que Davigamer era solo un personaje y al verdadero David le gustaba poco prodigarse en otro tipo de entornos.

La pandemia no ayudó a esa parte de él, sino que la empeoró hasta el punto de no querer salir de casa y producirle episodios de disociación, agorafobia y algo mucho peor que prefería no recordar.

Con paciencia, medicación y terapia mejoró mucho, aunque lo suyo no tenía cura: la depresión crónica era un estigma que muy pocas personas tenían la capacidad de comprender.

Lo que no se veía, no existía.

Salió de la ducha un poco más tranquilo y se miró en el espejo: el difuminado reflejo le devolvió la imagen de un joven de 28 años, menudo, delgado, de piel blanca y pecosa con un cabello pelirrojo oscuro que se ondulaba. Se colocó las gafas de metal sobre el puente de su nariz y se puso el pijama para estar más cómodo.

De pronto recibió un mensaje de WhatsApp de su mejor amigo, Javier. Eso le hizo sonreír, como siempre.

‹No te queda nada para irte a Japón. Estarás de los nervios, cabroncete XD
›Wahhh. Es un milagro que hayan quitado ya todas las restricciones para los extranjeros :D
‹Cómprame un regalito, ¿vale? Un Totoro de peluche ♥
›Siento que no hayamos podido ir juntos como prometimos T_T

---

[1] Ordenador específico para videojuegos

‹Te vas con tu novia, es normal. ¡Ah! Me ha encantado el directo de hoy. Muy buena partida, aunque sea un juego para niños rata =P

> ☺ Siempre apoyándome. Gracias.

‹Las que tú tienes, guapa XD

>Vete a la mierda un poco.

‹Jajajajaj

Eran los amigos más dispares de la historia, pero se apreciaban mucho.

Recordó aquella otra promesa que se hicieron a los 16 años, en su último veraneo en la costa de Gandía —donde lo conoció con 8 primaveras— sentados en la arena y al atardecer, frente al mar.

—*Nada, ni nadie, romperá nuestra amistad.*

—*Nada, ni nadie, nunca.*

Por aquel entonces, consciente de que era bisexual, su amigo Javier le gustaba. Fue su primer amor y él no lo supo jamás.

Se habían visto varias veces desde entonces, cuando Javier viajaba a Madrid por los campeonatos de taekwondo, ya que era tanto profesor como competidor. Incluso había ganado una medalla de plata en el último mundial, el año anterior.

En ocasiones pasaban meses sin decirse nada, y en otras no paraban de mandarse mensajes o audios contándose todo.

Javier era abiertamente gay y de los pocos que sabían de su bisexualidad. A diferencia de su amigo, que tenía una facilidad pasmosa para cambiar de pareja, pues era un tío muy guapo, él solo había tenido dos relaciones estables y ambas con chicas. La última con Vanesa, *influencer* de maquillaje.

La había conocido dos años atrás, en un evento donde invitaron a diversas personalidades de las redes sociales. Fue ella la que se lanzó y le costó comprender qué había visto en él una chica tan guapa.

Sin embargo, no estaban pasando por su mejor momento, pero tenía la esperanza de que el viaje a Japón arreglara las cosas.

Se bebió un vaso de zumo mientras repasaba los documentos que tenía sobre la mesa del salón pulcramente ordenados: los billetes, los seguros, los bonos del Japan Rail Pass, el pasaporte, yenes en metálico…

De pronto Vanesa entró en el apartamento y eso dejó a David confundido ya que no habían quedado.

—¡Hola! —la saludó con la intención de darle un beso. No obstante, ella lo detuvo. Su expresión no fue nada halagüeña.

—Tenemos que hablar —dijo la lapidaria frase antes de una ruptura.

A David se le borró la sonrisa de la cara, asustado.

—¿De qué?

Vanesa se sentó en el sofá. Iba maquilladísima como de costumbre, pero se podía percibir que había llorado.

—N-no puedo ir a Japón contigo… Y… Y creo que esta relación no tiene futuro.

David sintió angustia. Ir a Japón con ella era el último cartucho para salvar aquello.

—Ya no me quieres, ¿verdad?

—No como antes, lo siento. Me parecía hipócrita ir contigo a Japón a intentar salvar una relación que no… Además, yo jamás he querido ir, no me interesa ese país en absoluto.

—Vale… —David se sentó a dos metros de ella, que lo miraba con cara de lástima.

—No puedo más con tus cambios de humor, ni cuando estás tan triste que me dices que te quieres morir. Me amargaste el viaje a París del año pasado, no quiero repetir la experiencia. Cuando te dan ataques de agorafobia no se puede ir a ninguna parte contigo y me aburro. Además, en las redes no paran de criticarme por salir contigo y eso me está afectando, no solo a nivel personal, sino económico. No hacemos buena pareja, yo soy muy vistosa y tú un… friki.

David se sintió una mierda y cerró los ojos, se deshizo de las gafas y se puso a sollozar por la sorpresiva situación.

Vanesa, al verlo así, se acercó y le palmeó el hombro como intentando consolarlo.

Él se apartó, molesto y con el ceño fruncido.

—Vete y déjame tranquilo. Cuando vuelva del viaje te avisaré para que te lleves lo que tengas por aquí —dijo con sequedad—. Deja las llaves en la entrada.

—Podemos seguir siendo amigos…

—¡Qué te vayas ya, coño! —la espetó y ella se dio la vuelta un poco asustada.

—Lo siento… —le volvió a pedir disculpas antes de salir del apartamento.

David cogió el billete a nombre de Vanesa y lo rompió en pedazos, rabioso. Tiró todo por el suelo y le dio una patada al sofá, bramando de pura ira.

Al final acabó derrengado sobre el suelo, sollozando hasta que pudo calmarse. Buscó su móvil y llamó a la única persona con la que podía desahogarse sin ser juzgado: Javier.

○ ˙·. ○

Este, tras haber charlado un rato con David, se dio una ducha. Estaba sudado por dar clases de taekwondo. Peinó su larga melena castaña, que se ondulaba de forma ligera en las rubias puntas, se arregló un poco la poblada barba, y caminó por el chalet en ropa interior, mostrando su corpulenta fisionomía.

No vivía solo, tenía tres gatos de lo más perezosos: Perla, una siamesa ya mayor, Alma, carey de carácter puro y cariñoso y Dav, el gato pelirrojo mimosón.

Javier decidió tomarse una cerveza fría mientras se tumbaba en el sofá y suspiraba con sana envidia.

Lo que hubiera dado por ir con David a Japón. Tantos años de amistad, nada más y nada menos que veinte, compartiendo aficiones, gustos, buenos y malos momentos.

Ambos se habían conocido de niños en el Grao de Gandía. Davi, como él lo llamaba, era madrileño e iba a veranear con sus padres. Así fue como, con tan solo 8 años y jugando a hacer el burro con los críos del barrio, conoció al solitario niño pelirrojo de pelo ondulado y rostro pálido y pecoso que no paraba de observarlos, día tras día, como un psicópata tras sus gafas redondas. Rememoró el momento, en el que le dirigió la palabra, con una divertida sonrisa.

—*¿Quieres jugar con nosotros al fútbol?*
—*Solo si es al Fifa en la PlayStation.*
—*¿Tienes la Play?*
—*Sí, en el apartamento que han alquilado mis padres.*
—*Vale, me apunto.*
—*¿Y tus amigos?*
—*Qué les den.*

Desde ese día habían sido inseparables durante los siguientes ocho veranos; como uña y carne. Nunca consiguió que jugase al fútbol pero, en cambio, echaron muchas partidas en las distintas consolas que David llevaba al apartamento, por no hablar de los chapuzones en la piscina, las sesiones de playa o ver todos los *anime*[2] famosos en japonés, como el par de frikis que eran.

Lo admiraba mucho, por todo lo que había conseguido a pesar de los problemas mentales que lastraban su vida, y se sentía orgulloso de él. Era imposible no idealizarlo, siempre había sido su amor platónico. A veces se planteaba si esa era la razón de que no se tomara en serio ninguna relación con los hombres que conocía. Que no eran David.

Javier suspiró y se puso en pie, buscando a sus gatos para darles la ración de mimos unilaterales. Los besuqueó sin que se dignaran a hacerle caso, lamiéndose después el suave pelaje.

No había pasado ni una hora desde la conversación con su amigo cuando este le llamó por teléfono, así que descolgó con rapidez.

—¡Davi! —exclamó con entusiasmo.
—Perdona, Javier… Es que no sabía con quién hablar. ¿Te molesto? —gimoteó.
—¿Qué te pasa? —preguntó con suma preocupación al escuchar el tono roto de su voz.
—Vanesa me ha dicho que no quiere ir a Japón. Y de paso me ha dejado… —suspiró David al otro lado.

Javier se quedó estupefacto.

---

[2] Animación japonesa

—¿Pero estás bien? ¿Has llamado a tu madre? —Javier entró en pánico al temer que pudiera hacerse daño de nuevo, como cuando lo dejó su anterior novia.

—No te preocupes, no hace falta llamarla. Solo necesito soltarlo.

Luego le explicó toda la conversación al detalle para horror de Javier.

—No tiene vergüenza. Me parece lamentable lo que te ha hecho —opinó con enfado.

—Ahora tengo que ir solo a Japón...

—Claro, no puedes posponerlo...

—Tengo que crear el contenido que he prometido a mis seguidores y encima poniendo buena cara. La verdad, la situación me sobrepasa. Y perdona, no te quiero molestar más con mis movidas.

—¡Ni se te ocurra colgar, por favor! Quédate conmigo, Davi... —suplicó.

—Vale...

—¿Estás un poco mejor después de despotricar?

—Sí... —David suspiró.

Javier tuvo una epifanía de pronto.

—Oye, oye. ¿Se puede cambiar el titular del billete de avión?

—S-supongo que sí. ¿Por qué?

—Si se puede, me voy contigo —afirmó Javier con contundencia.

—¿E-estás seguro de hacer eso por mí? ¿Me acompañarías? —el tono de su voz cambió un poco, como si recobrara el ánimo.

—¡Llevo queriendo ir desde que lo hablamos hace años, cazurro! —exclamó con excitación. Pero también tenía otras razones para ir, y es que temía por su salud mental. Acompañándolo podría asegurarse de que no haría ninguna estupidez que hubiese que lamentar.

—¿Y tu trabajo? ¿Y los gatos?

—Por eso no te preocupes, ¿vale? Es cosa mía —aseguró.

Después de pensarlo bien, David tomó una decisión:

—Pásame tus datos por WhatsApp —pidió.

—De acuerdo, te los escribo ahora.

—Igual te sientes algo incómodo en el caso de que puedas venir.

—¿Por? —preguntó Javier sin entender nada.

—Porque la habitación es doble con un solo futón[3].

—Te recuerdo que ya hemos dormido juntos. —Se echó a reír, nervioso—. Cuando nos dio por acampar en el jardín de mi casa y nos comieron vivos los mosquitos.

—Oh, calla, nos brearon a base de bien. —David recuperó algo de humor—. Gracias... No se te puede querer más.

—No se merecen.

—Luego te llamo, ¿de acuerdo?

—Aquí estoy esperando sin moverme, en calzoncillos —bromeó para que David se riera.

---

[3] Cama japonesa

David colgó y Javier emitió un suspiro.

—Ojalá sí me quisieras más…

o ˙˙. o

Gracias a las gestiones que hizo David, y que le ayudaron mucho tras la ruptura con Vanesa, el bueno de Javier llegó el sábado, pasadas las ocho de la tarde, a Madrid capital.

David le abrió la puerta de su casa con una sonrisa tímida en el rostro. Llevaban sin verse cara a cara desde finales de 2019.

Ante él apareció su amigo, con una sonrisa de oreja a oreja, el pelo recogido en una coleta baja, pantalón vaquero oscuro, botas negras, camiseta metalera ajustada y una chupa de cuero con tachuelas.

Para qué negarlo, cuantos más años pasaban más bueno estaba.

—¡Chiquitín! —le dijo Javier—. Me ha costado aparcar, pero ya estoy aquí. ¿Me invitas a pasar o qué? —Hizo un gesto con los brazos abiertos.

—¡S-sí, claro! —Se apartó para que entrara con su maleta de mano, mientras su amigo observaba el salón con sus ojos verdes y brillantes.

—¡Me encanta! Es súper friki. —Javier se giró hacia David y lo estrechó contra sí, espachurrándolo y balanceándose a la vez, sintiéndose dichoso de poder tocarlo, de comprobar que estaba sano y salvo—. ¡Qué alegría verte! ¿Cómo estás hoy? —Lo soltó y le colocó bien las gafas sobre el rostro ya que se las había torcido. Este se tambaleó agarrado a su chupa.

—Pues me acabas de pulverizar todos los huesos, pero aparte de eso estoy mucho mejor —dijo con una sonrisa genuina en sus rosados y sensuales labios.

—Menuda tele tienes —percibió Javier—, y me encantan los pósteres de *anime* que has enmarcado. ¡Qué envidia!

—Estoy casado con el banco treinta años. El que me da envidia eres tú, que no pagas nada y tienes la playa a tiro de piedra —susurró mientras guardaba la maleta de su amigo.

—Es el chalet de mis padres, solo vivo de prestado bajo el yugo de tres gatos. Ay, ya los echo de menos, mis bebés… —gimoteó.

—¡No será para tanto!

—Mis bebecitos —continuó exagerando el tono—. Seguro que ya me han olvidado.

—Ven, te enseño el apartamento —comentó con un mohín divertido en el rostro. Javier siempre le sacaba una sonrisa con sus tonterías.

Caminaron hasta el baño, donde le dejó unas toallas por si necesitaba darse una ducha. A continuación le mostró el despacho donde grababa todo y que el invitado reconoció por los vídeos. Las paredes estaban forradas de estanterías repletas de cómics variados, figuras de todo tipo y videojuegos de diferentes épocas. El resto estaba ocupado por dos mesas enormes, dos pantallas gigantes y todo el material de grabación profesional.

—Me da mucha alegría que te dediques a lo que más te gusta, que tu afición se haya convertido en una parte intrínseca de tu vida.

—A veces me aplasta el hecho de tener tantos seguidores —suspiró con cansancio—. Menos mal que estos días no he tenido que hacer directos, porque no sé si hubiera podido mantener la compostura ni dar explicaciones.

Javier posó su mano sobre el hombro de David en un acto de cariño y apoyo. Este no tenía muy buena cara con aquellas ojeras profundas bajo esos ojos almendrados y castaños.

—¿Me enseñas tu dormitorio? —Cambió de tema.

Justo al lado de la estancia de trabajo estaba el cuarto. Su aspecto era simple y pulcro, con todo en su sitio y solo un cuadro ilustrado en la cabecera de la cama de matrimonio.

—Aquí solo se lee y se duerme —explicó David.

—Y se folla —soltó Javier acompañado de una carcajada.

—¡Qué bruto eres! —le espetó—. Pues ya no.

—Hasta que te eches otra pareja —afirmó sentándose en el colchón para comprobar la comodidad, dando botes.

David enrojeció un poco al pensar en que tendría que dormir con Javier en Japón. Eran amigos, pero no podía negarse a sí mismo que le daba vergüenza compartir esa intimidad con un hombre como él.

—Tengo hambre. ¿Dónde me vas a llevar a cenar?

—Aquí cerca hay un *izakaya*[4], a dos calles.

—¿Tienen *ramen*[5]?

—Sí.

—¿Y a qué estamos esperando? Rememoremos los viejos tiempos, antes de la puñetera pandemia. —Se puso en pie, hambriento.

David suspiró y siguió a su amigo. Aquel hombre era como una marea que lo arrastraba, imparable. Y, sin embargo, le gustaba que tirara de él.

○ ˙·. ○

Tras una copiosa cena japonesa, donde Javier comió por tres, volvieron al apartamento para poder descansar. Les esperaba un viaje muy largo al día siguiente.

—Tú vas a dormir en mi cama —le indicó David a su amigo cuando lo vio quitarse las botas ya sentado en el sofá.

—¿Contigo? Uy, sí que tienes malas intenciones con este pobre e inocente hombre, puro y casto.

—En ese sofá no cabes y yo sí, hombre puro y casto —contestó a la par que se cruzaba de brazos.

—No voy a permitir que duermas en el sofá siendo yo el invitado —replicó Javier.

---

[4] Taberna japonesa
[5] Sopa de fideos de origen chino

—¡Qué no cabes! Venga, a la habitación y sin discusiones —le espetó agarrándolo por el musculoso brazo y tirando de él—. Esta es mi casa y yo decido. Punto.

—Está bien, no te enfades conmigo.

Tras dejar de empujar a Javier dentro de su cuarto, salió de este y se fue al sofá para prepararlo. Él cabía a la perfección y no era la primera vez que se quedaba roque en el *chaise longe*.

Se enfundó en el pijama, se tumbó y tapó con una sábana, puso la alarma del móvil para que sonase a las 5 de la mañana y apagó las luces con una aplicación.

Escuchó cómo se duchaba su amigo y suspiró más tranquilo, hasta que este apareció solo con la parte de abajo del pijama y todo el resto de su portentosa anatomía a la vista. Se le puso el corazón a cien.

—Vamos a la cama —dijo muy serio mientras lo cogía en brazos cual damisela en apuros.

—¿Qué? —David gimió asustado.

—Durmamos juntos, hay sitio de sobra. Además, vamos a compartir futón toda una semana, qué más da ir practicando.

El pelirrojo se puso taquicárdico.

—¿Practicar?

Javier lo llevó hasta el dormitorio, lo depositó con cuidado sobre el colchón y se tumbó junto a él sin tocarle un pelo más.

—Buenas noches —susurró Javier.

—Buenas noches…

David esperó a que Javier hiciera alguna broma cochina de las suyas, pero de pronto escuchó sus suaves ronquidos.

Sonrió para sí, ilusionado de nuevo con el viaje. Luego suspiró e intentó dormir.

-Capítulo 2-

Un taxi los condujo hasta la Terminal 4 del Aeropuerto Adolfo Suárez Madrid-Barajas, donde dejaron la maleta grande y vacía de David e hicieron el *check in*. Viajarían con Iberia haciendo escala en el aeropuerto Heathrow de Londres y allí tomarían un vuelo directo hasta Tokio con British Airways.

—Lo de llevar una maleta vacía me flipa, tío. ¿De verdad te vas a comprar tantas cosas? —preguntó Javier cuando se dirigían hacia el control de seguridad.

—Las figuritas abultan, y algunos manga que quiero también. Más todo lo que veré y me dará ansia viva comprar —respondió.

Javier fue a replicar, pero en esos momentos escucharon, a sus espaldas, a una pasajera gritando a las empleadas que hacían el *check in* en los mostradores de Iberia.

Se dieron la vuelta y David reconoció de inmediato a Vanesa, lo cual le dejó pasmado.

—¿Esa no es…?

—Sí…

Anduvieron hasta la cola, aunque Javier se quedó al margen al principio.

—¡Señorita! Si no deja de hablarme en esos términos llamaré a seguridad —le advirtió la empleada.

—¡Y yo te digo que sí tengo un vuelo! ¡Mira el puto billete! Además, ¿no sabes quién soy?

—Si tiene algún problema con su billete tendrá que ir al mostrador de la compañía, pero si sigue parando la cola llamo a seguridad —le volvió a decir.

—Hay qué joderse, menuda inútil —la insultó dándose la vuelta y saliendo de la fila. Allí se encontró con David, que había observado el espectáculo con cara de rechazo—. ¡David! ¡No me dejan pasar! —Corrió hacia él y lo sujetó por los brazos.

—Das vergüenza ajena tratando así a las personas que solo hacen su trabajo —le dijo en tono muy serio.

—¡Pero no me acepta el billete! —gritó histérica.

—Lógico, cambié el titular.

—No me lo puedo creer… —Ella se apartó.

—Yo sí que no me puedo creer que estés aquí después de cómo me dejaste —espetó.

—¡Iba a darte una sorpresa y a volver contigo! —De nuevo lo tomó por los brazos—. Te echo de menos, perdóname —gimoteó.

Javier intervino en ese momento, temeroso de que su amigo sufriera algún tipo de crisis nerviosa por culpa de aquella egoísta.

—Eh, déjalo en paz de una puñetera vez, ya le has hecho suficiente daño. —Javier se puso al lado de su amigo en modo guardaespaldas.

—¿Qué hace este aquí? ¿No es...?

—Sí, es mi mejor amigo. Se viene conmigo a Japón. Así que vete a tu casa, Vanesa, ya no pintas nada en mi vida.

En ese momento David solo sintió desprecio hacia aquella persona, porque ya no se parecía en nada a la chica simpática y dulce del principio. Se había vuelto una estúpida.

—¡No puedo creer lo qué me has hecho! —se puso a gritar de nuevo.

—Querida, venga, aire —añadió Javier con un gesto de la mano, chasqueando los dedos.

—¡Tú no te metas!

—No hace falta, ya vienen a por ti los de seguridad —le respondió divertido.

Vanesa tuvo que irse a la fuerza, despotricando.

—Joder... —David se llevó la mano a la frente y Javier lo sujetó por los hombros dejando que se apoyase en su amplio pecho.

—Tranquilo. Has esquivado una buena bala. No permitas que esto te afecte y te joda el viaje. Venga, vamos a pasar el control de seguridad. Con suerte pitamos y algún guapetón nos manosea el paquete.

David sonrió ya más tranquilo. Javier era incorregible.

○ ∙ ○

El vuelo a Londres fue bien, sin ningún tipo de problema ya que no se encontraron con meteorología adversa. En un visto y no visto aterrizaron en Heathrow. Lo más latoso fue el trámite de tener que volver a enseñar el pasaporte y pasar por los arcos de seguridad.

Javier saltaba tan a la vista que más de una mujer, y algún que otro hombre, ya le había dado un buen repaso de arriba abajo.

David se sintió casi minúsculo a su lado, siempre vestido con ropa deportiva, pantalones vaqueros, gorra y sudaderas. No llegaba ni a 60 kg.

—¿Cuánto pesas, Javier? Estás cada vez más cachas.

—90 kg.

—¡Qué barbaridad! —Se asombró—. Por favor, no me aplastes en el fútón cuando te des la vuelta —bromeó.

—Porque no te dejas —respondió meloso mientras estaban haciendo cola en el *finger* [6]articulado, a la espera de entrar en el enorme avión que los llevaría hasta el aeropuerto de Narita.

—No, no te dejo. Me matas seguro.

---

[6] Pasarela para acceder al avión

Javier no supo si había pillado la indirecta y si se estaba haciendo el tonto, o si no lo había entendido en absoluto.

Tras mucha paciencia, acabaron sentados cerca de la cola del avión, en el lado derecho, acompañados por una pareja británica. Javier se colocó al lado de la ventanilla.

—Sé que el viaje no ha salido como lo planeaste, pero espero estar a la altura como sustituto voluntario.

David le tomó de la mano y lo miró con agradecimiento.

—Creo, con total sinceridad, que va a ser infinitamente mejor. Solo perdóname si en algún momento me dan agobios, agorafobia o algo peor… —susurró.

—No te preocupes más por eso. Soy tu amigo pase lo que pase, siempre. Lo prometimos, ¿recuerdas?

David asintió un poco menos intranquilo y nada estresado, así que se pasó buena parte del vuelo durmiendo por puro cansancio, apoyado en Javier, que intentó que estuviera cómodo.

El hombretón, en cambio, no se sintió demasiado bien durante las doce horas que duró el viaje, yendo a vomitar en varias ocasiones. Cuando volvió a su asiento por cuarta vez, a tan solo una hora de su llegada a Narita, estaba pálido. Las azafatas le habían dado varias cosas para los mareos: agua, zumo y pastillas, pero nada le servía.

David le apartó un mechón del rostro y le limpió la cara húmeda por el sudor con una de las toallitas que les dieron.

—Lo siento mucho, Javier…

—Quise creer que no me pasaría —gimoteó con voz ronca—. Está claro que los vuelos largos me sientan como una patada en el estómago, literalmente.

—De haberlo sabido…

—Vale la pena vomitar hasta los higadillos con tal de viajar contigo. Se me pasará en cuanto pisemos suelo nipón, ya verás —aseguró para tranquilizar a su amigo.

David pasó un brazo por los amplios hombros de Javier y dejó que descansase la cabeza sobre él. El olor afrutado de su cabello le dio tranquilidad, así como el calor de su corpachón. Quiso cuidarlo, le nació una emoción olvidada tiempo atrás, pero que también le puso algo nervioso volver a sentir.

o˙˙o

Pisaron tierra firme el lunes a las 12:15 horas, en el Aeropuerto Internacional de Narita, y se dirigieron al control que debían pasar rellenando un documento, dejando sus huellas y tomándose una foto digital. La espera en la larga cola fue insufrible.

Tras eso pudieron recoger la famosa maleta vacía. Después, una trabajadora los detuvo para ver qué llevaba en los equipajes y con una carpeta les mostró imágenes con palabras en español con la intención de que le indicasen si portaban algún tipo de artículo ilegal o prohibido.

Luego les permitió marcharse tras varias reverencias y agradecimientos. Ellos la imitaron con igual gratitud y cabeceos.

—Por fin, madre mía —dijo Javier, un poco agobiado—. Necesito ir al baño a echarme agua en la cara.

Se adentraron en los aseos y David dejó a Javier refrescarse mientras él orinaba en un váter de lo más moderno, con chorrito y un montón de botones.

—No creo que, tal y como estás, podamos comer mucho *ramen* —le comentó al salir del cubículo.

—Calla, que no has entendido mi táctica al estilo romano: echarlo todo para poder comerme el *ramen* más grande que encuentre.

—¿En serio estás pensando en comer? Me alucinas.

—Por supuesto. Este cuerpazo necesita proteínas.

Javier sonrió para convencer a David, que lo miró dubitativo.

—Venga, vamos a canjear los Japan Rail Pass, ha de estar por aquí la oficina de venta de billetes. Conecta con el aeropuerto.

—¿Hay tren desde aquí? No me dio tiempo de mirar casi nada de la guía que me compré.

—Sí, el Narita Express. Entra en el bono que te cogí, no te preocupes.

No tardaron en dar con la oficina y allí, también de forma súper amigable, prepararon sus pases para poder subirse en casi todos los transportes que englobaba la compañía JR sin necesidad de pagar cada vez que usaran el servicio de ferrocarril.

Pasaron los tornos y bajaron por unas escaleras mecánicas.

Tan solo tuvieron que esperar media hora en el andén soterrado hasta que llegó el tren que los acercaría directamente hasta la Estación de Tokio. De este se apearon muchos viajeros que iban a tomar vuelos.

David sacó dos botellas de agua de una máquina expendedora y le tendió una a Javier, que se la bebió entera de un trago.

—Me preocupas, te veo un poco pálido… —David se sentó al lado de Javier y le apartó del rostro un mechón de cabello suelto.

—Vale la pena… —musitó cerrando los ojos y sintiendo el contacto.

—Mira, ya podemos subir al vagón. Me alucina cómo coinciden las puertas con las marcas pintadas en el suelo. Son muy metódicos.

Asieron el equipaje y lo dejaron en una zona habilitada para el caso.

—Estos asientos me gustan, son amplios y cómodos —comentó Javier, descansando mientras el tren se ponía en marcha con suma puntualidad.

Tanto él como David se quedaron observando, en total silencio, el cambiante paisaje de principios de mayo: zonas boscosas y verdes, localidades con sus casitas familiares, fábricas, explanadas, campos de cultivo... Todos eran lugares muy distintos a los de España, pero de algún modo comunes.

Tras casi una hora, el tren comenzó a adentrarse en el área metropolitana de Tokio y los dos cuchichearon al ver tan variopinta ciudad, con sus edificios modernos mezclados con antiguos, enormes estructuras de la red ferroviaria, vistosos rótulos en japonés y miles de detalles más.

—Mira, la torre Skytree —dijo David señalando la altísima estructura de metal que sobresalía por encima del resto de edificaciones.

Era una torre de radiodifusión, con base en forma de trípode que se iba transformando en un cilindro hasta llegar a la parte más alta y que, de noche, cambiada de color.

—¿Subiremos?

—Claro. Está al lado de un canal y debajo hay un centro comercial y una tienda de Ghibli.

—Ay, yo quiero un Totoro. ¿Me lo comprarás, *cari*? —bromeó Javier.

—Claro, gilipollas.

—Qué rancio eres. Por cierto, supongo yo, conociéndote, que tienes súper estructurado el viaje.

—¡Supones bien! Iremos a muchos sitios. También a la famosa Torre de Tokio, por supuesto.

David sonrió de forma genuina por fin, de oreja a oreja, lo cual dejó embobado a su acompañante.

—Estás tan feliz de estar aquí… Te cambia la expresión y te pones muy guapo —musitó Javier, alelado.

—No te burles, tonto —dijo en tono molesto.

El hombretón no dijo nada, simplemente siguió admirando el urbanístico paisaje acompañado del hombre que tanto le gustaba y por el que haría cualquier cosa. Como dejar el trabajo para ir a Japón con él.

○ ∴ ○

Ya en la propia estación de Tokio mostraron sus pases del Japan Rail al personal y se adentraron en la laberíntica red de trenes. No fue tan complicado para David entender las líneas y dar con la vía que los acabó por llevar hasta la estación de Ochanomizu.

A esas horas no había tanto jaleo y se pudieron sentar. Algunos japoneses los miraron de reojo, curiosos. Otros, en cambio, siguieron con la cabeza metida en sus *smartphones* de última generación.

David grabó un poco de contenido para subirlo en sus canales.

—En Japón —comenzó a explicar— hablar por teléfono está prohibido ya que molesta a los usuarios del metro y del tren. También podemos ver aquí a mi amigo Javier mientras unas colegialas lo observan nerviosas, cuchichean y se ríen.

—*Shhh*, no se puede hablar alto —dijo Javier mientras sonreía a la cámara.

David dio la vuelta a su teléfono y se grabó sonriendo mientras observaba a su amigo. Luego susurró:

—No, no es mi novia. Seguro que os preguntaréis qué hago yo en Japón con este tío cachas. Vanesa no quiso venir, así que mi mejor amigo y yo vamos a pasarlo genial de todas formas.

—Efectivamente —se le oyó decir a este.

—Seguiremos informando —añadió antes de apagar la grabación, justo cuando una voz femenina en *off* avisó de que llegaban a su parada.

Se apearon, salieron de la estación y cruzaron un puente sobre un canal, caminando hasta llegar al Hotel Edoya, un alojamiento al que solían acudir muchos españoles.

El personal de recepción fue amabilísimo e indicaron dónde se hallaba su habitación, la sala de desayunos y el restaurante. Compraron unas guías de Tokio en español allí mismo, observaron que había una zona de descanso y hasta un espacio por si querían tomarse un té.

David abrió la puerta del cuarto y ambos se quitaron las zapatillas. Antes de pisar el tatami[7] dejaron las maletas y las mochilas en la entradilla, pues no se podía pasar con calzado.

La habitación se dividía en tres estancias: un pequeño baño con ducha y bañera; un saloncito de aspecto agradable con una mesa baja, un sofá, un mueble con televisión y un pequeño frigorífico vacío. Tras una puerta corredera se hallaba el dormitorio: el futón estaba pulcramente tapado por un cobertor, sobre el tatami. Detrás tenían un armario también de estilo *ryokan*[8] clásico.

—Parece comodísimo… —suspiró Javier—. Creo que voy a dormir como un lirón esta noche.

—En la última planta hay un *onsen*[9], por si a la vuelta te quieres bañar. Decía en las reseñas que es muy relajante.

—¿En serio? Subiré, pues. Mira, dos *yukata*[10].

—Vaya, qué detalle que dejen estas batas. Me gusta el sitio. ¿Elegí bien? Vanesa era reticente con lo de dormir en futón.

—¡Qué le den por culo ya, Davi! No quiero volver a escuchar su nombre más —dijo enfadado y molesto—. Soy yo el que está aquí, soy yo el que ha vomitado cuatro veces durante el viaje. Soy yo el que va a dormir contigo en ese futón. ¿Vale?

—Es verdad, perdóname —susurró compungido.

Javier suspiró.

—No, perdóname tú. Es que me hierve la sangre cada vez que me acuerdo de la que te ha liado. Venga, vámonos que tengo un hambre de lobo feroz y, como no salgamos ya, te como a dentelladas —cambió de tema.

—Poco ibas a comer con lo delgaducho que estoy.

—Si quieres probamos. —Dejó caer con una sonrisilla pícara en su barbudo rostro.

---

[7] Tapiz acolchado/Suelo
[8] Hospedaje tradicional
[9] Spa japonés
[10] Bata de tela

—¡Venga, tira para fuera! —lo espetó David, confuso. Poco acostumbrado a que fueran tan directo con él, corrió hacia la entrada para coger lo justo y necesario.

—Qué sieso eres a veces, *cari*.

Ambos se pusieron las zapatillas y salieron a la aventura con la emoción de estar por fin allí.

o ∴ o

Akihabara era un abrumador barrio repleto de luces, gente a pie de calle ofreciendo panfletos, y hasta pañuelos de papel con publicidad, edificios de mediana altura con diversos comercios en las plantas superiores y unas avenidas amplias sin exceso de tráfico.

Pese a lo que la gente pudiese creer, no había casi polución y las calles adyacentes estaban impolutas y sin rastro de basura.

Entraron en un *conbini*[11] para comprar bebida y Javier alucinó con la comida envasada y la cantidad de cosas que cabían en un supermercado tan pequeño.

—Dios, me lo comería todito —dijo salivando al ver las bolitas de arroz.

—Mejor buscamos un local para comer en condiciones, sentados.

El pelirrojo pagó la cuenta y volvieron a la calle principal. Bajaron hacia el barrio de Ueno y buscaron un sitio donde poder comer tan tarde, andando por las calles paralelas cercanas al puente que sujetaba las vías ferroviarias.

—Mira, ahí hacen cola unos cuantos viejos —comentó el hombretón señalando a un grupo de personas mayores esperando fuera de un restaurante de aspecto tradicional, con las típicas cortinas en la puerta.

—¿Y?

—¡Qué ahí es! —Arrastró a su amigo hasta allí y anotó sus nombres en la lista de espera—. Verás, si ves mucha gente mayor haciendo cola, es porque tiene que ser un sitio bueno, bonito y barato. Esa es una norma universal de todo yayo que se precie.

—Visto así… —tuvo que admitir.

—Ya verás, ya…

Les tocó su turno y una joven camarera los hizo pasar. En el centro de una barra giratoria por donde se paseaban platos de colores con diferentes tipos de *sushi*[12] y *sashimi*[13], estaban dos cocineros haciendo más piezas con una facilidad pasmosa.

Se sentaron en taburetes y fueron cogiendo platos con una pinta tremenda. El agua era gratis, así que se sirvieron toda la que gustaron.

—Mira qué pinta tiene ese sushi. —Javier alargó el brazo y se hizo con el platillo.

---

[11] Supermercado pequeño abierto 24 horas
[12] Plato de comida japonesa basado en el arroz
[13] Pescado crudo

—Creo que, según el color del plato, pagas un precio u otro —comentó David mientras degustaba el *nigiri*[14] de salmón perfecto—. Madre mía, esto sí que es *sushi*.

El resto de comensales miraron, con estupefacción, comer a Javier, que apiló diez platos en un momento como si tal cosa.

—Qué bruto eres. Te va a sentar mal después de lo que has pasado en el avión —dijo con inquietud.

—Este cuerpo serrano no se fabrica solo, querido, ya te lo he dicho. Uy, mira ese tartar... —Lo cogió y suspiró al probarlo—. Es como tener un orgasmo en la boca.

—Joder, tío, eres muy explícito.

—Puede ser como el orgasmo de otro en tu boca o como...

—¡Calla! —David le dio un leve puñetazo en el brazo derecho.

—No creo que entiendan lo que estoy diciendo.

—¡Pero yo sí!

—A ver si te desmelenas un poco, mojigato. Siempre te ha costado mucho hablar de tu sexualidad. Conmigo ya sabes que no hay problema.

—No es lugar, ni momento... Estamos comiendo.

—Precisamente, estamos comiendo... —bromeó.

David suspiró, enrojeciendo de pies a cabeza. Javier era demasiado espontáneo y le daba todo igual.

Al terminar, la camarera contó los platos y David pagó toda la cuenta con la tarjeta.

—Te debo más de la mitad.

—¡Qué no! Lo que te apetezca comprarte para ti te lo pagas tú, el resto ni de coña. Ni comida, ni alojamiento, ni billetes, ni entradas a museos o templos.

—Pero, hombre, no puedes...

—Sí puedo —le cortó dándose la vuelta al salir del pequeño restaurante—. Es mi forma de agradecerte todo lo que estás haciendo por mí, que es muchísimo.

—Me lo puedes pagar en carnes —dejó caer con voz ronca, agarrándolo por la cintura, pero David lo empujó.

—Te la estás ganando —le advirtió.

Salieron de nuevo a la avenida principal y subieron hacia la zona de Akihabara donde estaban las tiendas de manga y *anime*. Davi estuvo grabando un vídeo enseñando la animada zona y luego le pidió a Javier que fuese él quien sujetase el teléfono.

—¡Davigamers! Estamos en Akihabara, el barrio electrónico y más friki de Tokio, conocido popularmente como Akiba. Javier y yo vamos a recorrer esto entero. ¡Iremos a todas las tiendas que podamos! ¡Ah! Y atentos a mi canal de YouTube porque sortearé un lote de figuras originales de *One Piece*. ¿Nos adentramos ya?

---

[14] Pequeña bola de arroz con otro ingrediente encima

Cuando David grababa para crear contenido cambiaba mucho y era algo que dejaba descolocado a Javier. Podía pasar de estar enfadado, o triste, a ser el alma de la fiesta en sus redes.

Era una persona tímida e introspectiva, muy antisocial en ocasiones. Aquella forma de ser desenfadada solo la mostraba a sus seguidores.

Se metieron en una tienda llamada Toranoana, pero en la sección para mujeres. Se percataron cuando vieron unos cómics de temática Boys Love bastante explícitos. Javier, lejos de querer irse, empezó a coger tomos cuanto más guarros mejor.

David no solía coleccionar ese tipo de manga a pesar de ser bisexual. Le echó un vistazo y se sonrió ante las escenas de sexo y lo bien que parecían pasárselo los personajes dándole sin parar. ¿Sería Javier tan efusivo en la cama?

De pronto se lo imaginó y se puso taquicárdico perdido.

—Hola… —susurro Javier en la oreja caliente de David, que casi tuvo un ataque al corazón.

—¡Qué!

—Nada, que ya tengo lo que quería. ¿Vas a coger algo?

—¡No!

La muchacha que estaba cobrando se quedó estupefacta al ver a Javier ante ella. Lo normal era que las clientas fuesen chicas, tanto japonesas como extranjeras, no maromos como armarios de casi metro noventa.

Javier colocó su tarjeta en el platito para tal uso y fue cobrado con total diligencia.

—*Arigatô gozaimasu* [15]—le agradecieron a la joven y ella los despidió con una sonrisa y varias reverencias.

Después fue David quien rebuscó todo tipo de videojuegos antiguos en una angosta tiendecita perdida entre las callejuelas laterales, haciéndose con un buen botín.

—¿Y eso funciona?

—Ni idea. Solo es por coleccionarlos. Estos de *Zelda* me faltan. ¡Y mira ese de *Mario Bross*! Es más viejo que tú y que yo juntos —dijo echándose unas risas.

—Qué mono eres cuando lo pasas bien. No te das cuenta de lo guapo que te pones… —le repitió con voz tierna.

—No soy guapo, solo un pelirrojo pecoso y gafotas —contestó a la defensiva, azorado. Javier estaba muy raro, no hacía otra cosa que tirarle los trastos y no acababa de comprender la razón. Aunque debía reconocer que se sentía halagado.

—Porque no te ves desde fuera, atontado. A ver si te crees que tienes tantas seguidoras solo por jugar bien. ¿Te escriben muchos privados?

—A veces… —admitió enfurruñado.

—Uy, ¿y chicos?

---

[15] Muchas gracias

—¡También! ¿Podemos dejar este tema ya?

—Está bien, era una broma, nada más.

David fue a abonar su compra y subieron por una empinada y angosta escalera hasta volver al barrio.

Sobre las siete de la tarde comenzaron a notar el extremo cansancio.

—Te vas a reír —dijo Javier—, pero estoy hecho una mierda. No doy más de mí, necesito volver al hotel. Será el *jet lag*.

—Yo también. Compramos algo en este supermercado y nos relajamos en la habitación —propuso al llegar a un *conbini*.

○ ˙ ˙ ○

Ya en la estancia cenaron casi derrengados y sin energía, aunque hambrientos, sentados sobre una sillas sin patas y con la mesa de la salita llena de cosas para comer.

—Creo que subiré al *onsen*. ¿Te vienes? —preguntó Javier tras terminarse su *bento* [16]y quitarse la camiseta enseñando toda su anatomía y el vello corporal sobre los pectorales, bajando hasta perderse en la cinturilla del pantalón.

—No. ¡Qué vergüenza! ¿Y si hay más hombres? —Miró hacia otro lado porque su cuerpo le turbó.

—¿Y qué? —Continuó desvistiéndose para enfundarse en la bata, que le vino un poco justa.

—¡Pues que no me gustaría que me vieran desnudo! —explicó avergonzado de veras.

—Yo te he visto —respondió Javier—. ¿Cuál es el problema?

—¡Cuando teníamos 9 años! No es lo mismo.

—No, ahora tienes la polla del tamaño correcto.

David se quedó sin palabras y pestañeó. El color de su rostro pasó de ser pálido a bermellón tirando a oscuro.

Javier se escabulló antes de que se pusiera furioso al verlo agarrar un cómic con intención de lanzárselo. Sabía muy bien que David tenía muy poca autoestima y se avergonzaba de ser tan delgado. Pero a él eso le encantaba porque era su tipo en todos los sentidos. Le gustaban los hombres delgados, más pequeños que él, y David era perfecto.

○ ˙ ˙ ○

El pelirrojo se duchó en el cuarto de baño y miró lo que tenía entre las piernas. Estaba excitado y era por culpa de Javier. Lo que sintió por él cuando cumplió los 16 años estaba volviendo a resurgir y de una forma adulta y consciente.

Se secó y se enfundó en el *yukata*, atando el cinturón para que no se le abriera por donde no debía y mostrara su anatomía.

Avisó a su madre de que habían llegado bien, revisó sus notas para el día siguiente y cogió uno de los manga de temática homosexual que tenía Javier dentro de la bolsa.

---

[16] Comida preparada para llevar

La portada ya era sugerente de por sí, con un chico cachas lamiendo la oreja de otro con aspecto delicado.

Por dentro no tenía censura alguna y follaban de forma muy explícita. Sin poder evitarlo se imaginó haciendo aquello con Javier y cerró el cómic de golpe, devolviéndolo a su sitio.

Se tumbó de lado encima de la colcha intentando serenarse. Las ganas de hacerse una paja estaban ahí, pero su autocontrol fue más efectivo. Si Javier lo pillaba con las manos en la masa no podría ni mirarlo a la cara.

o ∵ o

Javier disfrutó de su relajante baño caliente al aire libre, por completo a solas, y permitió que aliviara su cansancio y desentumeciera sus músculos.

Se imaginó a David allí con él, desnudo bajo el agua, y se puso cachondo, así que desechó la idea porque no podía masturbarse en un lugar público.

Ese idiota no se quería enterar de lo mucho que le gustaba. Había estado manteniendo a raya su deseo por él, su afecto no correspondido, solo por no romper la amistad. No obstante, ¿qué le impedía sincerarse si ambos estaban solteros?

—No sé cuánto voy a soportar esta situación… —musitó para sí antes de salir del agua caliente.

Se secó, se enfundó en el *yukata*, peinó y secó su largo cabello y volvió a la habitación ya a oscuras.

Se encontró a David con la bata japonesa puesta y tumbado de lado encima del futón. Estaba roque.

Lo levantó un poco en brazos y lo tapó con la suave cobija limpia. Se metió junto a él, cogió el móvil para mandarle el mensaje a su padres de que estaban ambos bien y se recostó ya muy cansado.

Miró dormitar a David. El *yukata* dejaba entrever las marcadas clavículas de su amigo y eso dejó a Javier ensimismado pensando en lo mucho que quería pasar la lengua por allí. Luego subió la mirada hasta su garganta, a su mentón suave, a sus apetecibles labios prohibidos que anhelaba morder y besar con todas las ganas del mundo.

Javier suspiró y dejó caer sus párpados poco a poco, derrengado. Pero sintió que David sollozaba y eso le despabiló de golpe.

—¿Qué te pasa?

—Perdona… —susurró el pelirrojo—. Estoy tan agotado física y mentalmente que me ha dado un bajón. Solo es eso: muchas cosas seguidas, emociones y horas de viaje… Mañana estaré mejor.

Javier lo estrechó contra sí y permitió que se desahogara a gusto hasta caer rendido, mimándolo a conciencia, deseando ir más allá.

David escuchó el corazón de su amigo latir contra su rostro y sus manos acariciándole el pelo húmedo. También le llegó el olor a jabón que emanaba su cuerpo caliente. Se arrebujó contra el hombre, aunque con cuidado de que no notara la erección entre sus piernas.

Al final los párpados le pesaron tanto que se durmió de puro agotamiento.

El hombretón, por su parte, no quiso moverse. Se sintió, a pesar de las circunstancias, en la gloria. El sonido de la respiración de David le fue relajando hasta que también se dejó vencer por el sueño.

-Capítulo 3-

El barrio de Ueno los conquistó, no solo por el amplio parque dividido en dos, con su gran laguna, los diversos templos y la naturaleza en ebullición primaveral, sino también por el Museo Nacional de Tokio donde Javier empezó a estampar en una libreta en blanco toda clase de moldes con diversas formas o textos en *kanji*[17]. Además compró varias postales y una cajita de caligrafía para su padre.

—Tengo hambre —comentó Javier mientras dejaban atrás la tienda del museo y salían de este—. Si vamos hasta la estación de tren de Ueno creo que podemos encontrar varias calles con tabernas y bares.

—Ah, sí, Ameyoko. Ya la tenía apuntada. Hay mercadillos, tiendas, restaurantes… No creo que nos resulte un problema comer allí.

Anduvieron cerca de veinte minutos hasta llegar al inicio de aquel entramado de calles.

Ameyoko estaba justo en frente de la Estación de Ueno. Pasaron bajo el arco con los caracteres en rojo que daban nombre al lugar y se adentraron junto al resto de la muchedumbre. Aquello estaba a reventar de gente de lo más variopinta.

—Mira, aquí se divide la calle —advirtió Javier—. ¿Derecha o izquierda?

—Derecha, porque por ese otro lado parece más un mercadillo de productos frescos y alimentación.

Anduvieron entonces por la calle de la derecha, y se encontraron con tiendas de ropa diversa, zapaterías, *pachinko*[18] a montones y un porrón de Döner Kebab.

—¿Un *kebab* te apetece? —bromeó David.

—¡Yo he venido aquí a comerme un *ramen*! —dijo con el ceño fruncido mientras se recogía el pelo—. Ojo, qué calor hace… ¿Estás bien? Tienes la cara roja —advirtió Javier.

—Me estoy agobiando con tanta gente. —Empezó a notar la taquicardia previa al ataque de agorafobia.

—Vamos a esa tienda de ahí, parece agradable.

Se metieron en un local dedicado al té verde, donde les ofrecieron sendas tazas que agradecieron y se bebieron sentados en unos banquitos.

David se comenzó a sentir un poco mejor.

---

[17] Escritura japonesa basada en caracteres de origen chino
[18] Local de juegos de azar

—Voy a comprarle a mi madre una tetera. Creo que le hará ilusión —comentó Javier—. Ay, y caramelos de té verde. ¡Qué ricos!

David, sentado todavía, observó a su amigo departir un poco en inglés con la dueña, aunque fue más por señas que otra cosa. La pobre mujer tenía que levantar mucho la cabeza para poder atender bien a su cliente, aunque acabaron riéndose ambos.

David también lo hizo de forma natural. Aún se acordaba del último verano en Gandía, cuando Javier y él se tuvieron que despedir entre lágrimas. Aquella promesa de ser amigos lo estaba lastrando porque, para qué negarlo, volvía a sentirse atraído por él y de una forma adulta y seria.

Quería vivir el momento, allí en Japón, con aquel hombre.

Cuando este se acercó a él con su compra pagada, se puso en pie.

—¿Estás mejor ahora? —Se interesó.

—Sí, la verdad es que sí.

Salieron de nuevo y Javier hizo de parapeto, siempre protegiendo a su amigo para que no se agobiara: sujetándolo por el brazo, pasándolo de un lado a otro posando sus manos en los hombros, incluso llegó a asirlo por la cintura de forma breve. Aquellos contactos hicieron que David se sintiera especial.

—¡Ahí hay un sitio libre y la gente come *ramen*! —Señaló Javier tironeando de su compañero.

Se sentaron en unas mesas al aire libre, junto a un par de chicas japonesas que los miraron y se rieron tapándose un poco la boca.

Pidieron al camarero dos raciones de *ramen* de carne con *udon*[19], verduras y huevo. Este no tardó en traerlas, junto a palillos, una jarra de agua con hielo y sendos vasos.

Las chicas cuchichearon, riéndose de nuevo, y acabaron por dirigirles la palabra:

—*Hi!* —iniciaron la conversación con ese inglés japonizado que caracterizaba a los nipones—. *Are you americans?*

—Oh, no. Españoles —respondió Javier.

—*Oh! Spaniards. It's great!* —Ambas parecieron muy emocionadas.

—*My boyfriend is from Madrid, and I am from Valencia.*

Tanto las chicas como David se quedaron descolocados al escucharle decir que era su novio. La homosexualidad no estaba bien vista en Japón, aunque no existían penas legales asociadas y en las tiendas de cómics se encontraba la temática gay por todas partes.

—*You make a beautiful couple* —dijo la otra chica, riéndose y tapándose la boca de nuevo.

Javier sonrió de oreja a oreja, haciéndole un gesto con las cejas a su compañero. Este se puso más rojo y nervioso.

—*Arigatô gozaimasu!* —dijo el hombretón cabeceando.

---

[19] Fideo grueso

—*Thank you very much for responding. We have to go now*—tuvieron que despedirse mientras se ponían en pie.

—*It's a pleasure.* ¡Gracias, señoritas! —añadió Javier.

Las dos jóvenes se fueron a pagar y les dijeron adiós con la mano, muertas de la risa.

—¿A qué ha venido decirles que somos novios? —inquirió David en tono de reproche, ofendido por haber sido parte de la broma.

—Han dicho que hacemos una bonita pareja. —Se defendió.

—Mira, no lo vuelvas a hacer. Me acaban de dejar, no estoy para que te burles.

—No me burlo —contestó Javier con semblante serio—. Pero vale, no diré nada más.

Se comieron el *ramen* en silencio, enfurruñados. Javier pensando en que no había forma de que el otro comprendiera sus intenciones y David avergonzado por pensar que se reía de él. Las chicas solo habían sido amables al decir que hacían una bonita pareja. ¿Javier y él? No, imposible, absurdo. Javier era demasiado atractivo e imponente para estar con un tirillas con cara de crío.

Cuando ambos terminaron se pusieron en pie y salieron de la calle de camino a la estación de Ueno para coger el tren y dirigirse a Shibuya, el barrio de la moda, a través de la concurrida Línea Yamanote.

—Menuda vuelta da esto, pero es genial que te indiquen en las pantallas lo que falta… —comentó Javier intentando relajar el ambiente entre ellos.

—Es circular. La vamos a tener que coger varias veces porque es la forma sencilla de llegar a los barrios más interesantes.

—Nos miran mucho e intentan no tocarnos aunque esto esté de bote en bote.

David se rio con ganas.

—Normal, voy con un armario ropero. Eres la antítesis del japonés medio.

—A lo mejor te miran a ti por el color de pelo tan bonito y vistoso que tienes.

—No nos tocan porque somos extranjeros. O bien porque no desean molestarnos, o porque no les gusta que estemos aquí. Una cosa son las historias de los manga y otra la realidad —explicó ignorando el comentario sobre su color de pelo.

—Lo sé. Pero eso pasa en todas partes. Al menos aquí no tienes que estar con mil ojos pensando que te van a robar a la mínima de cambio.

—Eso es cierto. Se va muy tranquilo. —De nuevo sonrió a Javier pues ya se le había pasado el mosqueo—. Además, yo tengo guardaespaldas.

—Servicio completo, como en la película —bromeó con una risilla picaruela.

—No tienes remedio, tío.

Al salir de la estación buscaron la estatua de Hachikô, el perro de raza *akita* que esperó siempre a que su dueño volviese sin saber que este había muerto.

—¿Me haces una foto con el perrito? —pidió Javier aferrándose a la escultura—. Me da mucha pena y ternura… —Sintió que se le llenaban los ojos de lágrimas al recordar a sus gatitos.

David sonrió al tomar esa foto.

—¿Qué te pasa? Ey… —Se acercó a él y le acarició el brazo con cariño.

—Simplemente he recordado a mis bebés. Luego llamaré a mis padres para ver cómo están esos bichos malos.

—Eres muy tierno con tus gatos… —musitó—. Me da envidia…

Javier no supo si se refería a tener gatos o a ser tierno con él. Cuando fue a aclarar la duda, David lo arrastró hacia el famoso y enorme cruce de peatones, donde un montón de gente estaba esperando para pasar.

—Cógeme de la mano, por favor. Me está dando ansiedad rodeado de tantas personas —dijo hiperventilando un poco.

Javier no se lo pensó dos veces y deslizó sus gruesos dedos entre los de él, más delicados.

Cuando se puso en verde para ellos, cruzaron sin soltarse y lo más rápido que pudieron, sorteando a los peatones que venían de frente.

Al llegar hasta la entrada del emblemático edificio Shibuya 109, David se detuvo y aspiró con fuerza, pero sin soltarse de su amigo. Este observó que sus nudillos estaban blancos y le apretaba con bastante fuerza.

Se sacó del lateral de la mochila una botellita de agua para que David se la bebiese.

—¿Mejor?

—Sí… Joder, no sé si voy a ser capaz de grabar algo de contenido aquí… Tengo unas ganas horribles de volver al hotel.

—Vale, respira profundamente. Ven.

Se apoyaron en una pared algo más despejada y Javier lo asió por los hombros con cuidado hasta que David se fue relajando.

—Lo del contenido es sencillo: grabo unos cuantos vídeos y luego les pones voz.

—Sí, tienes razón. Muchas gracias por la sugerencia y por ayudarme con la agorafobia.

—No hay de qué, *cari* —bromeó de nuevo, animado.

Javier lo habría agarrado por la cintura para darle un buen morreo, pero allí no era el lugar. Además, besar a alguien en público estaba muy mal visto en Japón.

—¿Este edificio es ese con ropa y complementos para chicas, no? —indagó Javier.

—Sí. ¿Quieres verlo? Será divertido ver sus caras mientras curioseamos —dijo de guasa.

—¡Vamos entonces! —expuso con entusiasmo, agarrándolo de la mano de nuevo, sin pudor. Javier estaba dispuesto a hacer el mamarracho con tal de que su amigo estuviera feliz.

David se vio arrastrado al interior del edificio, pero lo pasaron la mar de bien observando la moda femenina, a las vistosas dependientas y escuchándolas hablar en tono agudo. David se olvidó de la angustia y del agobio con pasmosa facilidad.

Al salir de nuevo ya era de noche y Javier le hizo partícipe de sus intenciones:

—Quiero ir a Shinjuku a cenar. Está cerca de aquí yendo por la Yamanote.

—¿Por qué?

—Porque está el barrio de Ni-chome. El de ambiente gay —aclaró.

—¡Ah, no! ¿Para qué? —se escandalizó David.

—Yo también tengo derecho a que vayamos a un sitio que me apetezca a mí, ¿no te parece? Así que a la marcheta. *Vinga, anem*[20].

David bufó exasperado pero, teniendo en cuenta que su amigo tenía razón, accedió por mucha vergüenza que le diera poner el pie allí.

○ ˙·. ○

Ni-chome era una zona como otra cualquiera, solo que se la reconocía como *gay-friendly* a distancia. Las banderas multicolores, incluso neones fluorescentes, indicaban que aquello era un barrio *queer*.

Entraron en un restaurante de picoteo llamado DonDen, así que buscaron sitio para sentarse y pedir *yakitori*[21] acompañado de unas cervezas Kirin.

—Es agradable —admitió David con las mejillas enrojecidas mientras le daba un sorbo a su cerveza fría.

Les llevaron la comanda y pasaron un buen rato charlando de lo que harían al día siguiente.

—Entonces vamos a Kamakura. ¿Lo he dicho bien?

—Sí, efectivamente. Veremos muchos templos. Creo que me sentiré mejor y podré grabar contenido.

—¿Y de este barrio no hablarás?

—No creo que les interese a mis seguidores —dijo con franqueza.

—Seguro que hay muchas personas que agradecerían que lo hicieras, para normalizarlo y que entiendan que en Japón no pasa nada por ser de la comunidad.

—Ni siquiera saben que soy bisexual —alegó.

—No entiendo por qué… ¿Dejarán de seguirte? Sí, claro. ¿Te seguirán otros? También.

—Mi sexualidad no debería importarle a nadie.

---

[20] En valenciano: venga, vamos
[21] Brocheta de pollo

—¿Y si un día tu pareja es un hombre? —lanzó la pregunta—. ¿Lo esconderías?

—Si eso pasara, entonces… —Se puso nervioso al no saber qué decir.

—No respondas. Olvídate y bebe. —Echó un trago a su cerveza, chocando la pinta contra la de su amigo.

Javier supo que lo había puesto en una complicada tesitura y prefirió no insistir.

Tras una cena de lo más satisfactoria a nivel culinario, entraron en un local llamado Aiiro porque Javier había leído por Internet que lo frecuentaban muchos extranjeros. Y así fue.

Se sentaron frente a la barra y pidieron unos deliciosos cócteles. El personal fue muy amable con ellos.

De pronto se acercaron dos hombres y llamaron su atención.

—Perdonad, ¿sois españoles, verdad? —preguntaron también en castellano.

—¡Sí! —exclamó Javier poniéndose en pie—. ¡Qué casualidad!

—Oye, ¿tú no eres Davigamer? ¡Sigo tu canal! Es verdad, dijiste que vendrías a Japón —expuso el más joven con mucho entusiasmo.

David se quedó pasmado y sin saber cómo capear la situación.

—Sí, damos vueltas por los barrios de Tokio para que pueda hacer vídeos —contestó Javier.

—Estamos allí sentados, por si queréis acompañarnos —sugirieron.

—Faltaría más. Vamos, Davi… —Le hizo un gesto con la cabeza y el pelirrojo lo siguió con nerviosismo.

Se sentaron alrededor de una mesa pequeña y cuadrada, en parejas.

—Somos Raúl y Santi. Estamos de luna de miel —dijo el más mayor, Raúl.

—¡Enhorabuena! —los felicitó Javier—. Esto hay que celebrarlo pidiendo más copichuelas.

—¿Tú no venías con tu novia? —preguntó Santi, el seguidor de David.

—Me temo que me dejó tirado y Javier se auto invitó —intentó bromear y ser más parecido a Davigamer.

—Oh, vaya… Pero, de todas formas, ¡me parece estupendo que estéis aquí! Ya era hora que algún creador de contenido de videojuegos y cultura japonesa nos tuviera en cuenta.

—Te lo dije… —susurró Javier a su amigo, que le dio un pisotón a modo de respuesta.

—Davi es muy considerado conmigo porque soy gay, así que en realidad lo he arrastrado un poco hasta aquí. —Javier se echó a reír—. A ver si algún japonés guapetón me tira los trastos.

A David no le hizo ninguna gracia aquello. Solo de pensar que se pudiese ir con cualquier japonés a un Love Hotel de la zona le puso celoso. No quiso ni imaginar lo qué harían aquella noche mientras él se quedaba solo y muerto del asco.

—Bueno, son más bien feos —admitió Raúl—. No te esperes un adonis a no ser que pagues para que te hagan la pelota en un *Host club*[22].

Se echaron a reír mientras David y Santi se pusieron a charlar de los últimos videojuegos que habían salido al mercado, hasta que el pelirrojo tuvo la necesidad de ir al aseo.

—Está por allí —le indicó Santi.

Cuando David desapareció, Raúl fue al grano con Javier:

—No pretendemos meternos, pero… ¿te gusta David, verdad?

Javier pestañeó un poco estupefacto.

—¿Tanto se me nota?

—Buf, muchísimo —le respondió Santi—. Te pegas como una lapa y lo miras con cara de bobo.

Javier suspiró.

—¿Y qué hago? Somos amigos desde hace 20 años, cuando éramos unos enanos. Le ha dejado la tonta esa con la que salía…

—La del maquillaje —dijo Santi—. Es totalmente boba, no pegaban nada. Pero vosotros hacéis buena pareja.

—¿Lo creéis de veras? —indagó—. Me viene bien un punto de vista ajeno.

—¿David es heterosexual? Porque cuando has dicho lo de ligar con un japonés ha puesto cara de mala hostia.

Raúl se dio cuenta en ese momento de que entraba en los aseos un tipo que no había hecho más que observarlos todo el tiempo e iba beodo perdido.

—Javier, corre a los baños, rápido —le dijo alarmado.

—¿Qué…?

—¡Ve, corre! —lo espetó.

El hombretón se puso en pie y corrió hacia allí.

o ˙ ˙ o

Mientras David orinaba, un tipo nipón, de cierta edad, se le puso al lado hablándole en japonés muy cerca del oído, tanto que pudo sentir su repugnante aliento alcoholizado.

—¿Qué? —Se apartó subiéndose la bragueta, pero el hombre lo acorraló metiéndole mano en el paquete—. ¡Eh! ¡No me toques! —Lo empujó.

Javier apareció en modo Terminator, agarró al pervertido por la camiseta y lo lanzó fuera de los aseos, haciendo que se tambaleara y cayese delante de la concurrida clientela.

La gente se quedó estupefacta y la pareja recién casada se acercó. Por fortuna, Raúl hablaba japonés ya que era profesor de esa lengua, y pudo explicar a los del local lo sucedido. Estos echaron rápidamente al pervertido y les pidieron mil disculpas sin permitir que pagaran la cuenta.

---

[22] Establecimiento con hombres de compañía

David, pálido aún, consintió que Javier lo sujetara hasta que salieron a la fresca intemperie de la bulliciosa calle.

—Joder, qué asco de tío —dijo Raúl—. Ya me di cuenta de que nos miraba. Menos mal que lo vi irse detrás de ti y Javier salió escopetado en cuanto se lo dije.

Este tenía el ceño fruncido y los músculos de todo su cuerpo en tensión. En esos casos daba miedo.

—Me siento como una pobre chica acosada —admitió David un poco más tranquilo, apoyado de espaldas en el corpachón de Javier.

—Pues imagina, con lo pervertidos que son aquí los hombres, deben de estar hartísimas. No te puedes fiar —dijo Raúl—. Bueno, lo sentimos mucho pero nosotros tenemos que volver al hotel, aunque estamos cerca. Mañana cogemos un *shinkansen*[23] hacia Kioto.

—Nuestro hotel lo tenemos al lado de Akihabara. Ha sido un placer conoceros a ambos —dijo David—. Y gracias por la ayuda.

Santi y él se abrazaron con confianza.

—Davi, me ha hecho mucha ilusión conocerte. Ojalá hables de este episodio, aunque omitiendo el mal rato…

—¡Lo haré! ¡Hablaré del barrio gay! Creo que es necesario que añada este tipo de contenido a mi canal, porque hay muchas personas *queer* que me siguen.

Raúl, cuando le dio un abrazó aprovechó para darle un consejo:

—Fíjate bien en la persona que tienes al lado —susurró guiñándole un ojo, cómplice—. No pierdas más tiempo.

David se quedó sorprendido. ¿Tanto se le notaba?

—¡Adiós! —exclamó Javier al verlo partir cogidos de la mano y riéndose. Los envidió de forma sana. Él también quería lo mismo con David.

Tras la despedida volvieron a la estación de tren de Shinjuku, casi en silencio. Se subieron al vagón, agotados.

—No pensé que me podía pasar algo así… —susurró David.

—Eres muy vistoso para los japoneses: pelirrojo y con pecas. Seguro que a mí no se me hubiese acercado.

—Tío, eres un armario. Claro que no se te hubiera acercado. Lo revientas contra el váter de un solo empujón y lo matas.

—Tampoco quiero que me expulsen del país. Con darle un par de puñetazos en esa cara repulsiva hubiese bastado. Me ha entrado una mala hostia al veros ahí, que… —Alzó el puño y puso cara de taekwondo.

David se echó a reír y Javier lo abrazó contra su «pechamen». Luego le besó el pelo y tuvo ganas de decirle que solo podía tocarlo él, pero se contuvo. Lo último que le faltaba a su amigo era que aquella noche se le

---

[23] Tren bala

declarara abiertamente. Le quedaba poca paciencia, estaba muy colado por él, pero esperaría un poco más.

David, por su lado, se sintió confuso. No por desear algo con Javier, más bien por no saber si este le cortejaba en serio o en broma. Si se confundía, y daba un paso en falso, el resto del viaje iba a ser un infierno.

o ˙ . o

En el hotel, Javier volvió a subir al *onsen* de la última planta para relajarse e intentar no pensar en las ganas que tenía de enrollarse con David, pero la cosa fue a peor en cuanto se imaginó haciendo el amor con él y salió del agua empalmadísimo. Ni la ducha fría consiguió que se le bajase la tremenda erección.

Volvió a la estancia sujetando una toalla doblada por delante de esa impresionante parte de su anatomía

David estaba tumbado bocabajo sobre el futón, con el *yukata* puesto y las piernas cruzadas y al aire. Parecía estar revisando las fotos que había hecho.

Javier le miró ese culo tan respingón que tenía y se imaginó dándole con todas sus ganas, haciéndole clamar de placer.

—¿Ya estás más relajado? —le preguntó Davi sin levantar la vista del móvil.

—Sí… —gimoteó metiéndose en el baño y cerrando con pestillo.

Sacó su verga dura como una barra de hierro y procedió a masturbarse en silencio, casi mordiéndose el puño para no jadear.

¿Cómo gemiría David? ¿Sería escandaloso en la cama? ¿Diría guarradas? ¿Le gustaría que le comieran entero, de pies a cabeza? ¿O sería tímido y mono? ¿Activo o pasivo con otro hombre? Con él…

Todo le puso más cachondo, así que se tocó con fuerza hasta eyacular con contundencia mientras imaginaba que era sobre aquel culito.

Luego suspiró aliviado y con el corazón a mil por hora.

Lo limpió todo a conciencia y salió del baño.

David ya estaba debajo del cobertor, esperándolo para dormir juntos.

—Mañana nos levantamos pronto, ven ya —murmuró.

Javier se metió en el futón y le dio la espalda, avergonzado. Era la primera vez que se masturbaba pensando en él y, pasado el calentón, se sintió horrible.

—Hasta mañana… —fue lo único capaz de articular.

David observó el largo y suave cabello de Javier desparramado por la almohada y lo rozó con los dedos. Adelantó la mano con la intención de acariciarle la cabeza y el cuello, pidiéndole mimos, caricias, besos y lo que viniera después. Eran dos hombres adultos y ese después sería sexo.

Apartó la mano y suspiró.

—Hasta mañana…

-Capítulo 4-

Kita-Kamakura era un lugar precioso, muy concurrido por extranjeros y oriundos. A pesar del gentío se podía caminar y ver todo sin sentirse agobiado, así que David grabó diversos vídeos en los templos budistas de Hengaku-ji y Toke-ji.

Javier, por su lado, fue dejando moneditas de 1 yen a los pies de las pequeñas y centenarias estatuas de piedra que encontraba, o haciendo fotografías a diestro y siniestro, tanto a las estructuras como a la naturaleza que brotaba de cada rincón. La belleza de aquel lugar resultaba pacífica, dulce y agradable.

El tiempo era ideal, solo soplaba una ligera brisa y el cielo apenas estaba pincelado con pequeñas nubes blancas.

—¿Te gusta? —preguntó David volviendo hasta donde lo esperaba sentado, cerca de un árbol centenario y retorcido.

—Es fantástico. —Se puso en pie.

—Ahora vamos a ir por la Ruta del Gran Buda, atravesando una colina boscosa. Creo que es saliendo de aquí y subiendo a la derecha. Estará marcado, supongo.

Anduvieron hasta dar con el punto donde se iniciaba la ruta de senderismo. Tuvieron que subir apoyándose en los árboles y en sus raíces, que hacían las veces de peldaños naturales.

David resbaló de forma aparatosa con el barro que había entre las raíces, pero Javier lo sostuvo con fuerza por la cintura. El pelirrojo se estremeció abrumado por su cercanía. Si lo tenía tan encima no sabía cómo podían reaccionar su cuerpo y sus ganas de más. Para colmo allí no estaban solos, había más excursionistas, por lo que se cortó bastante.

—Me duele un poco el tobillo. Espero no habérmelo torcido —se quejó.

—Si hace falta te llevo a cuestas —dijo haciendo el amago de cogerlo por la cintura de nuevo, pero su amigo le hizo la cobra.

—Estoy bien, no es grave, tranquilo —se excusó con aquello.

Por lo demás, disfrutaron enormemente del aire puro, el frondoso entorno y la naturaleza.

Javier caminó detrás de su amigo por dos razones: la primera para evitar que volviera a caerse; y la segunda porque desde esa perspectiva, mientras ascendían, se le marcaba un culo precioso. De hecho, estuvo tentando en varias ocasiones de impulsar a David por esa zona de su anatomía.

—¡Mira! —David llamó la atención de Javier, que seguía mirándole el trasero—. La playa…

Al fondo se veía la costa de Shonan y las techumbres de las casas encajadas en la montaña, rodeadas de árboles.

—¿Hace cuánto que no pisas una playa? —indagó Javier.

—La última vez fue contigo, cuando nos despedimos… —Rememoró el sentido instante.

—Después podemos bajar, si quieres… —propuso Javier, enternecido al recordar el fuerte abrazo que se dieron entonces.

Animados por aquel plan, descendieron la colina hasta llegar a una zona residencial y siguieron las indicaciones hacia el famoso Daibutsu.

Accedieron al templo y se acercaron a la verdosa estatua del Gran Buda, de casi 14 metros de altura, que tenía la postura de meditación. Incluso se introdujeron en ella, algo más bien simbólico, porque se trataba de dar una vuelta muy rápida.

Pidieron a algunos turistas que les hiciesen fotos con la escultura de fondo. Javier aprovechó para estrujar a David contra él y le sorprendió que este se dejase con tanta facilidad y correspondiese a sus muestras de cariño.

Y es que el pelirrojo estaba cediendo a sus propios deseos y cada vez le costaba más resistirse al contacto íntimo con Javier. Le cosquilleaba el estómago y le daban escalofríos de anhelo.

Después de aquella visita pasearon por el precioso templo Hase-dera, donde observaron la estatua de la diosa Kannon y una gran cantidad de figuritas de piedra tallada y aspecto infantil.

—Representan las almas de los niños fallecidos en el vientre de sus madres… —explicó David y a Javier le dio mucha pena, aunque le pareció hermoso de alguna forma.

—Es todo precioso… La naturaleza, la paz que se respira, los colores, las flores, los árboles, los estanques, las carpas de colores, tú… —dijo Javier mirándolo a los ojos.

—¿Por qué me dices eso? —le preguntó sin apartar la mirada de aquellas pupilas color oliva.

—¿No lo sabes? Bajemos a la playa y te lo diré.

Tomó su mano con una delicadeza casi reverencial, para no asustarlo. Estaba decidido a ser consecuente con su sentimientos y a aceptar ser rechazado. Simplemente no podía seguir así, necesitaba con urgencia expresar lo que sentía por David.

Este se dejó llevar, porque no quería otra cosa, por la fuerza de sus propios deseos. El corazón le latió a velocidades imposibles y se le secó la garganta. ¿Qué querría decirle Javier?

Caminaron por las angostas calles llenas de gente, atravesaron las vías del tren, pasaron de largo los comercios y locales hasta que el olor a salitre y mar llegó a ellos, recordándoles aquellos veranos juntos donde habían sido tan felices.

Pisaron la arena y Javier se quitó las zapatillas para así relajar las plantas de los pies. David lo imitó de buena gana.

Anduvieron hasta la orilla de un mar en calma, acompañados por el sonido del leve oleaje y rodeados por la suave brisa marina.

—Javier… —dijo su nombre en un susurro al verlo tan pensativo, como si quisiera recordarle para qué estaban allí.

Este le miró y volvió a tomar su mano derecha con cuidado.

—Me gustas, me gustas muchísimo —le confesó—. Desde siempre.

David se quedó callado, pero el color sonrosado de sus mejillas pecosas le delató.

—¿Desde siempre? —indagó con algo de confusión.

—Claro, por eso te pregunté si querías jugar al fútbol y me fui contigo sin dudar ni un segundo cuando me propusiste echar unas partidas al *Fifa*.

—Creía que era porque tenía la Play —susurró sin dejar de observar sus ojos, que le devolvieron una mirada tierna llena de anhelo.

—No, qué va. Era porque quería ser amigo del niño pelirrojo que veía cada día y me causaba tanta fascinación.

—¿Te gusto como amigo?

—¿Eres tonto, Davi? —Sonrió—. Me gustas como amigo, como persona y como hombre. He venido a Japón contigo sin dudar ni un solo segundo. Creí que podría lidiar con mis sentimientos, pero no, no puedo. Soy incapaz de tenerte delante de mí y no quererte. Llevo colado por ti 20 años, que se dice pronto.

A David le fallaron las piernas y tuvo que sentarse sobre una pequeña duna. Javier le imitó.

—¿Te duele el tobillo? Lo tienes muy hinchado.

El pelirrojo frotó la zona y cerró los ojos mientras digería aquella declaración de amor tal dulce.

—El último verano que pasamos juntos me di cuenta de que era bisexual porque me gustabas muchísimo —confesó David.

—Oh… —Javier pestañeó varias veces, sorprendido.

David le miró con los ojos llorosos y Javier le quitó las gafas, depositándolas sobre la arena con cuidado. Luego limpió aquellas lágrimas con ambas manos, sujetando su rostro caliente.

—Dicen que los ojos besan antes que los labios… —susurró David mirando a Javier con emoción—. ¿Notas cómo te beso? ¿Sientes cómo correspondo a tus sentimientos?

Javier, consciente de que allí no podían unir sus bocas, asintió con la cabeza. Estrechó contra sí a su amigo y este le rodeó la cintura con los brazos.

—¿Te gusto de verdad, Davi?

—Sí. No puedo más, he luchado en vano contra mí mismo y he perdido. Gracias a Dios, he perdido… —jadeó sintiendo una felicidad fuera de lo común.

—Aunque creas que no me tomo en serio las relaciones, es porque las que he tenido no eran contigo. Pero tengo miedo de que quieras sacar un clavo con otro clavo.

—Javier, me voy a enfadar —susurró apartándose un poco—. Lo de Vanesa ya pasó. Me falló, me trató de imbécil para colmo y me hizo sentir como una mierda. Pero tú estás aquí, en esta playa, conmigo. Y esos sentimientos de mi yo de 16 años han resurgido. Cada broma tonta que me hacías, en cada ocasión en la que me tirabas los trastos… —suspiró— me conquistabas, pedazo de imbécil…

—Qué bonito suena lo de imbécil si me lo dices tú, cariño.

Javier le rozó los labios con el dedo gordo de la mano derecha, muerto de hambre y ansioso por hacer suya esa boca, ese rostro pecoso, ese cuerpo menudo.

—Nunca pensé que tú y yo… Que te pudiera atraer. Eres demasiado guapo —musitó mientras le acariciaba la barba y le miraba la ávida boca.

—Y tú demasiado mono. —Volvió a abrazarlo.

—L-la gente nos mira… —farfulló David—. Será mejor que volvamos a Tokio, ya es casi de noche.

Al ponerse en pie, David cojeó dolorido. Javier lo sujetó por la cintura de buena gana, rodeándolo por detrás en un íntimo contacto.

David se apoyó en su pecho y Javier le olió los cabellos sin poder dejar de sonreír.

o · . o

Les costó llegar a la estación de Hase, pero al final subieron al tren hasta la de Kamakura y de ahí volvieron a la capital, aunque tuvieron que hacerlo de pie por la cantidad de turistas apelotonados en los vagones.

Javier apretó a David contra él. No pudieron parar de mirarse como un par de gilipollas deseando comerse a besos.

El hombretón le susurró al oído algo muy travieso:

—Cariño, que sepas que me he traído preservativos y lubricante…

—¿Qué? —David no dio crédito.

—No sé, por si me tocaba la lotería contigo. No me juzgues, solo agradece que sea previsor —tuvo el morro de decir.

—¿Y no se te ocurrió que los podías comprar aquí?

La risa tonta de Javier le hizo enrojecer.

—¿En serio crees que venden los de tamaño XXL? ¿Me has visto bien? ¿Crees que no la tengo proporcional a mi cuerpo?

David entró en pánico con aquella declaración. Por un lado le puso muchísimo, por el otro sintió que se mareaba.

—¿No quieres ir a cenar un *ramen* antes de volver al hotel? —propuso intentando ganar un poco de tiempo para hacerse a la idea.

—Tú eres mi cena y solo tengo hambre de ti —recibió como respuesta.

—B-bien… —declaró ya sin más excusas que le pudieran servir.

Llegar al Edoya no fue sencillo, pues David ya no pudo apoyar el pie tras apearse del último tren.

Javier se colocó la mochila por delante y llevó al hombre a caballito subiendo la cuesta, aunque para él no fue gran cosa.

—Nos miran…

—Pues que nos miren —contestó Javier con una risotada—. No te habré llevado veces cuando éramos pequeños.

—Ahora es distinto, tonto… —De forma suave le rozó la oreja con la nariz, algo que puso muy cachondo a Javier e hizo que apresurara el paso.

A David le latió el corazón a un ritmo imposible en cuanto pisaron el *hall* del hotel, solicitaron su llave y se subieron en el ascensor.

Si Javier no le dio un morreo a David allí fue, simple y llanamente, porque estaban hospedados en el primer piso. Pero en cuanto abrieron la puerta de la habitación, el pelirrojo no tuvo escapatoria posible. Tampoco la buscó.

Los besos de Javier le subyugaron e hicieron que gimiera de placer en cuanto los labios de ambos se tocaron. Le echó los brazos al cuello y el hombretón cargó con él hasta depositarlo sobre el futón.

Javier, con cuidado, le desató la zapatilla del pie hinchado y la otra salió volando sin contemplaciones. Se despojó de la camiseta sudada y se quitó los pantalones, bóxer incluidos.

David se quedó mirando, obnubilado, semejante anatomía y el tamaño de lo que le crecía entre esos potentes y velludos muslos. Estaba tan impactado por lo que iba a suceder entre los dos que dejó que Javier lo desnudara del todo sin rechistar.

Para el otro fue como mirar un ángel perfecto de piel clara y pecosa, uno al que iba a tener entre los brazos. Lo volvió a besar sin poder detenerse.

David le correspondió con igual ímpetu, lamiendo su boca, mordiendo su lengua, entregándole los besos más ansiosos que había dado en toda su vida.

—Quiero comerte. ¿Me dejas? —pidió Javier con picardía, suspirando de placer—. Me tienes muerto de hambre... —dijo ronco, con esa voz profunda que era tan sexi.

—Cómeme, hazme todo lo que quieras, fóllame —jadeó David frotándose contra él y entrelazando las piernas con las suyas, buscando con las manos sus nalgas duras, lamiéndole la nuez y mordiendo su barba.

El hombretón no se lo pensó dos veces y picoteó sus pezones rosados y sensibles, bajó por el caminito velludo que llevaba al paraíso, besó la pequeña cavidad que era ese ombligo y lamió la punta del glande que tanta gula le producía. Se recreó en su pene henchido y duro, lo masturbó mientras saboreaba lo que de allí salía, chupando y succionando hasta llevar a David al límite del orgasmo.

Este lo agarró fuerte del pelo, gimiendo sin control, arqueando la espalda y apretando las nalgas, empujando hacia arriba las caderas con una cadencia cada vez más fuerte. Sentía que a Javier no le haría daño si se dejaba llevar de ese modo, que él querría tragarse todo su semen sin reticencias. Un latigazo de placer lo recorrió, sus jadeos aumentaron convirtiéndose en un lamento largo y placentero, tanto como el orgasmo peneano que derramó en aquella boca experta y que se lo había comido tan bien.

—Dios… —jadeó intentando recobrar la respiración—. Qué corrida…

Javier se puso encima de él y no le dio ni un respiro, besándolo con profundidad y deseo.

—Qué rico, me lo voy a tragar siempre, o tal vez deje que te corras en cualquier parte de mi cuerpo…

—Todo, quiero todo eso —dijo sujetando al hombre por las mandíbulas y besando su boca con sabor a lefa.

—Me muero por follarme este culo —dijo sin contemplaciones, agarrándole una nalga y deslizando los dedos en el orificio sagrado, apretando con la palma de la mano sus testículos—. Hasta que no te corras con mi polla dentro no pienso parar —susurró sobre su oreja dejando claras las intenciones que tenía.

—¿Y a qué esperas? —David frotó el grueso y largo pene de Javier, asombrado con las dimensiones pero a la vez excitado—. No había estado con un hombre hasta hoy, pero me he masturbado con consoladores metidos por detrás y… Joder, quiero correrme así con tu enorme polla dentro y gritar de placer hasta volver a correrme mientras me empotras y eyaculas.

Javier se le quedó mirando, sonrojado.

—Joder, sí que me ha tocado la lotería contigo.

David se echó a reír a carcajadas y solo un beso profundo, lento y largo las detuvo y transformó en suspiros.

El hombretón se apartó de él un momento para rebuscar en su neceser el lubricante y los condones.

Con los dientes rasgó la envoltura de uno, algo que le pareció súper sexi a David, y luego se lo colocó con cuidado. Derramó sobre sus dedos un buen chorro de lubricante e introdujo dos en el recto de su contrincante sexual.

David sintió la placentera intromisión. Aquello hizo que volviese a empalmarse de mala manera, y más cuando Javier le lamió las orejas, las mordisqueó y besó.

—Qué caliente estás, cariño, qué mono eres, qué jodidamente follable. Te voy a empotrar hasta el fondo. Mira cómo me caben tres dedos ya… Mi polla está hecha para estar ahí dentro, dándote con todo.

—Eres un guarro adorable —susurró mirándolo a los ojos con intensidad—. Y eso me gusta, me encanta, me pone cachondísimo.

Javier no pudo más y lo colocó de lado casi con violencia, pero sin hacerle daño. Deslizó uno de sus brazos bajo el muslo izquierdo de David para tener mejor acceso a sus nalgas y echó entre ellas más lubricante. Sin dilación, aunque con sumo cuidado, introdujo el glande para tantear hasta dónde podía meterse.

—¿Empujo? —preguntó con cierta consideración pero sin dejar de darle pequeños empellones.

—Con todo, empuja, por Dios —rogó David girando la cabeza y buscando su boca mientras lo agarraba de su larga cabellera.

—Tú lo has querido, luego no me pidas que pare porque ya no me podré controlar —avisó antes de azuzar en serio—. El hambre es voraz…

—Cómeme —jadeó al sentir un empujón que le dolió y a la vez le produjo un placer fuera de lo común. Sí, se había masturbado de aquella forma, pero no era lo mismo que tener una verga de semejante tamaño, y ardiendo, dentro de él.

Javier sintió que entraba entera y se sorprendió dado el tamaño menudo de David. Sí, ese culo era perfecto en todos los sentidos, tan apretado, caliente y fácil de poseer.

No dijeron nada al principio, solo se pudo escuchar el sonido de los jadeos de ambos entremezclados y el golpeteo de la cadera de Javier contra las nalgas de David, rítmicamente, cada vez más deprisa.

—Me… corro… —susurró David derramando de nuevo el semen, esta vez dentro de la mano de Javier, que lo había estado masturbando—. Me corro —repitió varias veces más.

Aquella enorme verga dentro de él estimulaba su punto más sensible, bajo la próstata, de una forma casi sobrenatural. Reconoció ese orgasmo distinto que le produjo más placer que el peneano, que le recorrió todo el cuerpo como si fuera pura electricidad. Jadeó larga y placenteramente, retorciéndose, apretando las nalgas intentando retener aquello tan precioso.

Javier, solo de escucharlo y sentirlo tensarse entre sus brazos, se dejó llevar, buscó su boca rosada y la mordió mientras de ella salía un jadeo como nunca antes había escuchado, la pura definición del placer perfecto. También gimió de gozo, corriéndose cuando David apretó con fuerza su pene y le devolvió los mordiscos en la boca.

Se quedaron derrengados, intentando recobrar la respiración, en silencio.

Javier salió de él con mucho cuidado y se quitó el preservativo. A pesar de haberse masturbado la noche anterior, aquella cantidad de semen le sorprendió. Sin duda estaba en celo y aquel pequeño íncubo de apariencia inocente lo había vuelto loco.

—¿Estás bien? —indagó acariciando su mejilla caliente—. ¿Te he hecho daño?

—Qué considerado… —Sonrió David tras darle un tierno beso en la comisura de los labios—. Solo un poco al principio y luego ha sido todo placer, la mejor sesión de sexo de mi vida.

—La mía también… —reconoció Javier mientras le daba besos en el cuello y los hombros.

—No te creo… Mentiroso.

—Es porque ha sido contigo y ha superado cualquier expectativa posible. Yo no había sentido esto nunca, solo por ti.

David suspiró satisfecho al oírle decir aquello, aunque no se atrevió en ese momento a preguntarle con más detalle ya que Javier se separó de él para ir al baño a por papel.

Se limpiaron bien y frotaron la sábana que cubría el futón, partiéndose de risa.

—¡Qué vergüenza! Se van a dar cuenta…

—Pues te pienso comer todas las noches, así que van a tener que acostumbrarse.

—¿Tanta hambre tienes de mí? —David le rodeó el cuello con los brazos y besó su boca varias veces, mirándolo a los ojos con pura ternura.

—Ni te lo imaginas, cariño, y más tras haberte comido. ¿No ves que me tienes embobado? —contuvo sus declaraciones al darse cuenta de la evolución de sus sentimientos—. ¿Subimos al *onsen*? Venga, a estas horas no hay nadie… —Intentó convencer a David.

—Está bien, pero si hay alguien yo no entro. Nadie más que tú me puede ver desnudo.

—Estoy de acuerdo —secundó.

o˙·.o

El *onsen* estaba desierto. Había una zona, antes de acceder a la de baño, donde dejar los *yukata* y las toallas. Después pasaron y se sentaron en unas banquetas bajas frente a varios espejos. Allí se ducharon a conciencia pues las bañeras no se podían usar para asearse, solo como zona de descanso y relajación.

—Fuera hay otra poza con piedras y una cascada... —advirtió David.

—Sí, ahí me meto yo, por el contraste entre la temperatura del agua y la del exterior. Se está de lujo.

Salieron a la pequeña zona y se introdujeron poco a poco en la poza.

David hizo un gesto de dolor al meter el culo. El recto le escoció lo suyo al entrar en contacto con el calor.

—¿Te duele ahora?

—Solo es por el agua caliente, no te preocupes, cariño —dijo para tranquilizarlo, tomando su mano.

—Me has llamado cariño… —susurró Javier poniendo cara de cordero degollado.

—Eres mi cariño… —Le apretó más la mano bajo el agua.

—Oh… —Sonrió con satisfacción, enrojeciendo.

Estuvieron en silencio un buen rato, disfrutando del sonido del agua deslizarse entre las piedras, la brisa fresca de la noche en los rostros, el placer de un buen baño templado y de la compañía.

—Me está bajando la tensión, deberíamos salir. Y me duele el tobillo —avisó el pelirrojo.

—Claro, vámonos.

Javier salió primero y ayudó a David, que lo miró de arriba abajo con cara de pillo.

—¿Qué? —Javier se sonrió.

—Que estás muy bueno y también te quiero comer —respondió.

—Ojo con Davigamer, pero si es un pervertido de primera. No sé si quiero compartirte con 2 millones de fans.

—Qué tonto eres, de verdad.

Tras secarse y enfundarse de nuevo en los *yukata*, bajaron al primer piso y volvieron a su habitación.

Javier sacó de su neceser una venda y un producto antiinflamatorio, además de un Ibuprofeno.

—Estás en todo, como con los preservativos… —bromeó David.

—Hay que ser previsor, *cari*. Además, tengo como una veintena esperando a meterse en tu culito.

—¡Pero bueno! —se escandalizó—. Ahora soy yo el que tendrá que ir y comprar unos para mí. En Akiba hay un *sex shop* bien grande.

Javier, que nunca había sido pasivo, se quedó pasmado y tragó saliva. David se dio cuenta muy deprisa.

—Vamos, túmbate —le pidió Javier mientras le colocaba bajo el pie una almohada. Después le besó la zona afectada y se dedicó a hacerle un cuidadoso masaje con la crema. A continuación le vendó bien.

—Así que eres virgen por ahí… —David esperó a que terminara para hablar del tema, divertido.

—Sí… —tuvo que admitir. Luego se recostó a su lado, pegado a él, tomándolo por la estrecha cadera.

—Si no quieres no pasa nada… Lo respeto.

—Los demás no eran tú… —musitó a la par que le acariciaba con ternura el rostro pecoso. Se adelantó para atrapar esos labios tan dulces y acabaron fundidos en un apasionado beso, como dos adolescentes que descubrían por primera vez su sexualidad y lo qué era sentirse enamorados.

—¿Soy especial para ti? —quiso saber David, a pesar del miedo a la respuesta.

—¿No te ha quedado claro? Esto no es un calentón, pero tampoco quiero abrumarte. Tu ex te dejó hace una semana.

—La vida da muchas vueltas. Tú y yo nunca nos dijimos lo que sentíamos el uno por el otro en aquellos veranos maravillosos. Pero creo que habría salido mal y nuestra amistad no hubiera perdurado. El momento es este.

—¿Y el mañana? —indagó Javier.

—El tiempo nos dará la razón o no. Es imposible saberlo. Creo que he estado metido demasiado tiempo en mi burbuja, aterrado por todo… Solo cuando estoy en directo o creando contenido me veo capaz de sacar esa parte de mí que está atrapada. Y ahora contigo, aquí, también me siento libre, me siento yo de verdad… —Sonrió.

—Estoy enamorado de ti… —le confesó Javier en un susurro y David se quedó sorprendido—. Siempre lo he estado de forma platónica. Pero al traspasar la línea entre la amistad y el afecto de pareja este sentimiento ha evolucionado. Entenderé que no sientas lo mismo, es muy pronto…

—Me gustas tanto que estoy al borde de enamorarme de ti hasta las trancas —declaró David con emoción.

—¿Y Vanesa?

—¿Quién es Vanesa? —respondió con otra pregunta que hizo sonreír a Javier—. Ha sido un día precioso, el mejor de mi vida. Contigo en Japón, visitando lugares tan imponentes, bajando a la playa y besándonos con los ojos.

David se arrebujó contra Javier, bajo la colcha, acomodándose bien en el futón y pasando el brazo derecho por su ancha cintura.

Este estrechó contra sí a su pelirrojo y sonrió de pura felicidad, sobre todo cuando lo escuchó dormitar. Cerró los ojos y acabó por caer rendido también.

-Capítulo 5-

David se despertó por la mañana con un ligero dolor en las caderas y en el trasero. A pesar de eso, sonrió de buena gana, se dio la vuelta en el futón y miró a Javier, que dormitaba con la larga melena sobre el rostro. Se la apartó con mucho cuidado, para no despertarlo, y se quedó observándolo en silencio.

Su mejor amigo, el chico que le gustó durante su adolescencia sin saber, por aquel entonces, ni que era gay y mucho menos que sus sentimientos eran correspondidos.

—¿Te gusta mirarme en silencio? —susurró Javier sin abrir los ojos.

—No quería molestarte.

El hombretón lo abrazó y le dio un beso en los labios, uno largo, como si estuviera comprobando que aquello era real y no un sueño. Luego suspiró mientras deslizaba la mano izquierda por la espalda de David.

—Buenos días, cariño —musitó en un tono muy tierno.

—Buenos días, amor mío... —respondió David.

Ambos se sonrieron como dos tontos y luego hubo varias risitas cómplices antes de volver a unir sus labios. Cuando Javier se puso intenso, David tuvo que pararle los pies.

—Espera, espera... Es que me duele, dame una tregua esta mañana...

—P-perdona, no quería hacerte daño —afirmó Javier en tono preocupado.

—Ya lo sé. Además, es muy tarde y se nos ha pasado hasta la hora de desayunar.

Javier se puso en pie y se quitó el *yukata*, quedándose desnudo por completo. Su compañero seguía sin poder creerse que semejante hombre estuviese colado por él.

—Me miras con cara de besugo —se burló.

—¿Y qué quieres? Estás muy bueno —susurró mordiéndose el labio inferior, imaginándose lo que harían por la noche.

Javier gateó hasta él tal y como vino al mundo, le desató el *yukata* y admiró su cuerpo, acariciándolo con ternura. Se acercó y comenzó a regar su piel con pequeños ósculos por distintas zonas de su anatomía.

—Voy a besar cada una de tus preciosas pecas, hasta aprendérmelas de memoria. ¿Sabes cuáles son las que más me gustan? —David negó con la cabeza—. Las que se mezclan con el borde de tus labios. He deseado tanto probarlas... —Con los dedos acarició su boca y luego la tomó con la suya.

David le pasó ambos brazos por el cuello y apretó el rostro contra el de él, devolviéndole cada beso. Acabaron sobre el futón, tocándose el uno al otro, uniendo sus miembros duros. Javier los masturbó juntos, para goce de ambos.

El pelirrojo se estremeció de veras, complacido. El sexo con Javier estaba siendo todo un descubrimiento. Confiaba en él de tal forma que lo hacía todo muy placentero. No tenía ningún tipo de duda, sentido del pudor o miedo a no dar la talla.

—¿Te gusta, pequeño íncubo sexi? —preguntó Javier con picardía, jadeando y sin dejar de friccionar ambos miembros juntos, encima de David, que no paraba de jadear sobre su cuello o su boca, entre besos y mordiscos.

—¿Ahora soy un demonio…?

—En realidad eres un ángel precioso. Qué suerte tengo… —Javier no aguantó mucho más y eyaculó sobre el vientre y el pecho de David. Luego siguió estimulando a este hasta que lo sintió tensarse y correrse, jadeando contra su cuerpo desnudo.

—Si me dices esas cosas me las voy a creer todas —suspiró David de forma placentera, estremecido.

—No te muevas —le pidió mientras le limpiaba bien con el papel higiénico y se aseaba él también—. Ya está.

—Estoy muerto de hambre, ¡y no me refiero al sexo! Será mejor que vayamos a comprar algo de almorzar de camino a Akiba.

—Estoy de acuerdo. Además, me has chupado la energía, íncubo mío.

—¡Y dale! —David lo abrazó con fuerza—. Tendrás morro, pero si me has comido tú…

Javier se echó a reír de buena gana, acunando el cuerpo menudo de David en su regazo. Miró su boca de nuevo y la besó con ternura.

—Te quiero… —musitó Javier con mucho sentimiento.

—Y yo a ti… Esta mañana me he despertado sintiendo algo muy intenso y lo he tenido claro. Ha sido como si me liberara del todo. Te quiero mucho.

—¿Deseas que…? —Se aturulló un poco—. ¿Deseas que lo intentemos en serio? Q-quiero decir: tú y yo, saliendo juntos. Iniciar una relación seria.

David le miró y asintió con la cabeza.

—Yo solo busco relaciones estables. Sé que tú con eso tienes un problema… —Javier le tapó los labios con dos dedos.

—Ninguno de los hombres con los que he estado eran tú. Te lo repito de nuevo: contigo sí quiero, no me cabe la menor duda de que es lo que deseo. ¡Intentémoslo! —añadió con énfasis y ojos brillantes.

—Vale, pero dame un poco de margen. No he salido del armario más que con unas pocas personas, ya lo sabes.

—No te preocupes. Si he esperado tanto tiempo por ti, por un poco más no pasará nada.

David lo abrazó con fuerza, aspirando su olor y sintiendo la calidez de su cuerpo. Si no hubieran sido amigos, si no se conocieran tanto, jamás se habría atrevido a salir con un hombre como Javier, al que veía como alguien inalcanzable desde que se dio cuenta de que le gustaba cuando era un adolescente.

Pero allí estaban.

o ∴ o

No poder darse muestras de cariño en público, aunque fuera alguna caricia cómplice o un pico, fue un suplicio para Javier. David era más discreto, así que se aguantó con facilidad.

En Japón habían avanzado muy poco con ese tema, como mucho se veían parejas heterosexuales cogidas de la mano, pero poco más. Eso sin obviar las zonas plagadas de Love Hotel, en las que podía verse a señores maduros con señoritas muy guapas que los acompañaban como amantes a cambio de regalos y dinero, o parejas que no tenían más remedio que recurrir a esos lugares para mantener relaciones sin estar casados.

—Me encantaría ir a un Love Hotel contigo. Es muy picante —reconoció Javier mientras se comía un bollo recién comprado en un Family Mart.

—Delante del Edoya hay uno. Me di cuenta el otro día —David se echó a reír—. Aunque dudo que sea temático.

—Yo quiero uno con una cama en forma de tarta, todo *kawaii*[24], y con espejos para ver cómo te...

—¡Chitón! —le acalló muerto de vergüenza.

—No seas pudoroso, que ya me has demostrado que no tienes un pelo de tonto. Ay, tan puro que parecías... Me siento engañado.

—¡La culpa es tuya!

—No, la culpa es tuya. Me pones todo burro.

David suspiró; Javier no tenía remedio.

—¡Dejemos el tema! Hoy tenemos que tomar muchas referencias fotos y vídeos de todas las tiendas de videojuegos. Y comprar figuritas para el concurso.

Aunque a David le sorprendió que ese tema no fuera tan importante, en proporción, como lo era el manga y el anime para la sociedad japonesa.

—Por aquí está la tienda Mr. Potato.

No fue complicado dar con ella, porque tenía en el título el dibujo de una patata, a Mario y al Comecocos con los fantasmitas.

David se lio a comprar consolas retro y todas las cosas raras que vio, además de tomar fotos de los pasillos repletos de juegos.

---

[24] Mono, cuco.

Después se pasaron por Akihabara Gamers, donde no solo había plantas enteras dedicadas a los videojuegos, sino también al manga y al *anime*, por lo que David aprovechó para hacerse con unas cuantas figuras de *Dragon Ball, One Piece* y *Shingeki no Kyojin*, tanto para él como para hacer sorteos.

Antes de abandonar Akihabara, entraron en el enorme Yodobashi Camera, en el edificio de Sofmap, en el Don Quijote y en la Book Off, donde había muchos artículos, libros, cómics y videojuegos de segunda mano a buenos precios.

El porteador de casi todo no fue otro que el pobre Javier, aunque por su chico lo hizo de buena gana. Este aún andaba cojo.

Lo pensó con detenimiento mientras observaba cómo David disfrutaba como un enano cuando encontraba algún juego descatalogado, raro, único o, simplemente, se reía haciendo vídeos o tomando fotografías. Sí, aquello que sentía por ese hombre era amor puro y duro.

—Mira, un Pikachu —dijo David mientras se ponía un peluche del famoso Pokémon al lado del rostro y hacía el tonto.

—Estás hecho un *otaku*[25].

—Yo me ducho —bromeó—. Además, aquí esa palabra tiene un significado muy distinto y lo sabes.

—Perdona, pero tu obsesión con los videojuegos viene de lejos, te recuerdo. Solo jugabas al fútbol en el *Fifa*. Así me ligaste.

—No haber venido al apartamento a jugar, nadie te obligaba —respondió con sarcasmo, casi ofendido.

Javier se acercó a David mucho y le susurró al oído:

—El último año que estuviste en Gandía yo hubiera querido hacer contigo otras cosas que no eran jugar a videojuegos...

David carraspeó muerto de la vergüenza.

—Menudo farol —le respondió mientras dejaba el peluche en su sitio, junto a otros Pokémon.

—De farol nada. ¿Y tú conmigo?

—¡Sí! ¿Contento?

—Satisfecho de que lo hayas reconocido sin pelear. —Se carcajeó de buena gana y varios usuarios de la tienda los miraron sorprendidos.

—*Shhh*, no seas escandaloso, que está mal visto —lo regañó.

—*Déu meu, et menjaria a besos.* [26]

—Vámonos para Shibuya, anda —susurró sonrojado.

—Sí, novio, a sus órdenes, novio.

David fue incapaz de no sonreír como un tonto al escucharle llamarlo con ese apelativo que tanto significado tenía.

---

[25] Término para una persona con un interés obsesivo sobre cualquier tema en particular.

[26] Dios mío, te comería a besos.

Salieron de la tienda y anduvieron de camino a la estación para usar la línea de tren Yamanote e ir hasta Shibuya de nuevo, donde se ubicaba la tienda de Nintendo, en el centro comercial Shibuya Parco.

David estaba tan contento por todo, tan entusiasmado, que no parecía el mismo que dos días antes había tenido un ataque de ansiedad y agorafobia en el mismo barrio. Fue capaz, de sobra, de cruzar los pasos de peatones sin ayuda de Javier, hacer vídeos y grabarse hablando con total naturalidad, haciendo bromas.

—Ojo, aquí el *merchandisign* es brutal. En occidente no les llegamos a la suela del zapato —le comentó a David cuando pusieron el pie en la tienda de la famosa compañía japonesa.

—Lo quiero todo —se lamentó el pelirrojo mientras miraba camisetas, figuritas y peluches—. Me llevaría hasta esa figura gigante de Link — dijo señalando al protagonista del *Legend of Zelda*.

—Entre un Link de carne y hueso o yo, ¿a quién elegirías?

David observó con picardía la figura decorativa a tamaño real y se puso al lado. La miró, luego observó a Javier y de nuevo a Link.

—Lo siento, cariño, me quedo con Link. Él es rubio, sin barba, muy guapo y mira el tamaño de su espada...

Javier achinó los ojos e hizo una mueca de desagrado. Se sintió tontamente celoso de un personaje de ficción.

—Ok. Pues que te lleve él todas las bolsas. —Hizo el amago de dejarlas allí mismo.

—¡No! Era broma... —David posó una mano sobre el pecho de Javier—. Siempre te preferiría a ti.

—¿Por encima de los videojuegos?

—Por encima de cualquier cosa, pero sé que tú no me harías elegir.

—Por supuesto que no, cariño. No lo decía en serio, jamás te pediría renunciar a nada, y mucho menos a algo que te hace tan feliz desde niño.

—Lo sé... —David sonrió genuinamente—. Vamos al Pokémon Center, está aquí al lado. Pero primero voy a pagar estas cosas...

Cuando salieron de una tienda para meterse en otra, Javier dijo que necesitaba ir al baño, pero fue a comprarle a David un peluche de Link y lo guardó en su mochila. Después volvió a la tienda. Había tal cantidad de gente que se abrumó. Casi se pegaban por comprar lo que fuese. Nada más entrar se veía un Pokémon Mewtwo de tamaño natural dentro de una incubadora, lo cual impresionaba.

David estaba eligiendo qué llevarse, indeciso.

—Los japoneses están como una chota —le dijo Javier al ponerse al lado—. El extremismo del consumo desmedido.

—¿Entiendes ya para qué quería una maleta vacía? —contestó después de reírse—. Me lo llevaría todo.

—Madre mía, va a ser verdad que eres un *otaku* en el sentido más estricto de la palabra.

—Pero me ducho —repitió—. Ya tengo lo que quería. Ahora nos vamos a la torre Skytree. Allí hay otro centro Pokémon. Y tu tienda de Ghibli. ¿No querías un Totorito?

—*Hai!* [27]—asintió—. ¿Allí se puede comer?

—En Japón hay donde comer en cada esquina, así que apuesto a que sí. No te morirás de hambre, tranquilo.

o ∴ o

En el centro comercial bajo la imponente torre de metal, llamado Solamachi, había una planta entera de comida de todo tipo. Desde *bento* hasta pasteles con una pinta tan increíble que Javier no pudo evitar hacerse con varias porciones.

También había restaurantes con gastronomía extranjera y cuando el valenciano vio la foto de una paella se puso rojo y fue incapaz de disimular una expresión de horror infinito e insondable, como si hubiese visto al mismísimo Cthulhu.

—¡Arroz con cosas! ¿C-cómo se atreven a poner que es paella? ¿Y por qué hay una flamenca al lado? No hay por donde cogerlo. ¡Reniego de Japón! Reniego, me quiero volver ahora mismo a España —dramatizó con voz ahogada.

—No seas burro.

—¡Eso no es paella! —insistió muy indignado.

—Pues claro que no, nada lo es si no está hecho en una paellera…

—¡Se dice paella! Paellera es la señora que hace la paella —aclaró ofendido.

—Que sí, pero si ni siquiera entre vosotros os aclaráis. Hay un montón de variedades.

—Vámonos de aquí o me llevará la policía detenido.

David, muerto de la risa, empujó a Javier por la espalda hasta que encontraron un lugar donde comerse los *bento*, fuera del centro comercial, a la vera del canal, rodeados de árboles y flores.

—Se está bien, ¿verdad? —comentó David mientras se terminaba su pastelillo.

—El tiempo está un poco feo, pero me gusta que hoy no haga tanto calor, sobre todo porque llevo casi todas las bolsas.

—Las llevo yo, no pasa nada.

—¡No! Para eso soy tu novio grande, fuerte y guapo.

David le miró con carilla enamorada.

—Quiero besarte muchísimo… —le hizo saber.

—Besa a Link —contestó simulando ofensa mientras sacaba el peluchito y se lo daba.

David se quedó sorprendido y se le saltaron las lágrimas, emocionado.

—Ey, ¿estás bien? —Javier posó la manaza en su nuca.

---

[27] Sí (en el original en japonés)

David giró la cabeza para poder besarle la palma de la mano con discreción.

—Es que tú me lees la mente.

—20 años dan para mucho, *cari*. —Javier sonrió con alegría y eso contagió a David.

Estuvieron en silencio un rato, descansando.

—Vamos a la tienda de Ghibli. Te debo un Totorín —propuso David poniéndose en pie y cogiendo un par de bolsas—. Luego subimos a la torre, ¿te parece?

—¡Claro!

Buscaron el local por todas partes, un poco desesperados por no dar con este, hasta que a David se le ocurrió mirar fuera del propio centro comercial. Bajando unas escaleras exteriores llegaron a la famosa tienda de Studio Ghibli. Fue como adentrarse en sus universos únicos e irrepetibles. Fue mágico.

Javier, muy fan de varias de sus películas, se volvió loco metiendo cosas en la cesta, como muñequitos pequeños, un peluche de Totoro de lo más cuco, paños de cocina, un kodama que se veía en la oscuridad y hasta unos calcetines que probablemente ni le valdrían.

—Mira, mini puzles y marcos para luego montarlo todo.

—¿Te gusta alguno?

—Sí, este de *El Castillo Ambulante*, pero es que ya no me puedo gastar más, llevo como 200 euros en cosas.

—Bueno… Vamos a pagar, aunque es verdad que en estas tiendas juegan con nuestros sentimientos.

De forma disimulada cogió el puzle y lo escondió tras la espalda. Después de que Javier abonase la compra, y acabara con un par de bolsas más que cargar, David le pagó el puzle.

Javier se sonrió, deseando acompañarlo de un sentido beso. Luego se acordó de que no podía hacer eso así que, al salir de la preciosa tienda, le miró a los ojos con intensidad.

—Recuerda que los ojos besan antes que los labios, Davi…

—Lo sé, llevas besándome todo el día…

—Y tú a mí…

Tras ese momento romántico, se hicieron con las entradas para subir al mirador de la torre y ascendieron muchísimos metros en un ascensor, acompañados de más turistas.

Ya en lo alto recorrieron, de forma circular, las distintas zonas, con mapas interactivos y pantallas. También observaron Tokio a través de los ventanales. Debido a que el día se había afeado un poco, no pudieron disfrutarlo al cien por cien pues afectó a la visibilidad.

—Ya iremos a la de Torre de Tokio, mírala allí… De noche dicen que es espectacular —le hizo saber David a Javier.

—Contigo a mi lado todo está siendo espectacular elevado a la enésima potencia. Y cuando digo todo, es todo… —Le guiñó un ojo y se mordió el labio.

David se sonrojó y tosió un poco.

—No será para tanto.

—Vaya que sí… Anoche fue… No tengo palabras…

—Eso me recuerda que, a la vuelta, tengo pendiente la compra de cierta cosa en el *sex shop* de Akiba —comentó David haciéndose el despistado.

Javier bajó la cabeza, nervioso.

—Vale…

—Me lo tomo como un sí.

—Vale… —reiteró.

David le asió de la camiseta, se quitó las gafas, y le echó una mirada cargada de deseo. Después sonrió como un demonio y movió los labios sin emitir ningún sonido. Javier supo leerlos y estuvo a punto de portarse mal y saltarse las normas sociales japonesas, tomar a David por el rostro y darle un beso de tornillo que le despeinara hasta el alma.

Este lo debió ver venir y se apartó por si Javier hacía lo que no debía, riéndose por lo bajo y colocándose de nuevo las gafas para volver a ser el David modoso que de costumbre.

o ∴ o

El *sex shop*, compuesto de cinco plantas muy estrechas, hizo alucinar hasta al mismísimo Javier, que se quedó impactado por el tamaño de los consoladores, sobre todo los que tenían forma de puño y eran de color negro. Le dolió el culo solo verlos. ¿Quién en su sano juicio se metería eso por cualquier orificio del cuerpo? No podía caber, tenía que ser imposible.

David, contra todo pronóstico, se partió de risa y tocó todo lo que se pudo, inclusive la ropa de la planta femenina.

—Mira a ese *salaryman*[28], está eligiendo ropa interior sexy. ¿Será para la querida o para ponérsela él? —comentó David, divertido con la situación.

Javier se tuvo que morder el puño para no mearse de la risa allí mismo.

—¿Por qué hay fotos de gente con la ropa guarrilla puesta? —preguntó cuando subieron por las escaleras y se encontraron con un panel que tenía colgadas las susodichas imágenes de hombres y mujeres más desnudos que vestidos—. ¡Es el horror!

—Creo que si te haces la foto te sale mucho más barata la ropa y los complementos —aclaró David.

---

[28] Hombre de negocios

—Están muy mal de lo suyo. ¡Pero si hay extranjeros también! No puedo ver esto, voy a salir de aquí con un fuerte trauma sexual. Entre los enormes consoladores y esto…

—Mira, la sala de BDSM…

—¡No entres!

David le ignoró y dio una vuelta por esta, interesado en aquellas prácticas. Javier le siguió, un poco acojonado.

—Mira esta correa… —le susurró mirándolo pícaro—. Creo que es de tu talla, Javier. ¿Qué opinas?

—¿De verdad?

Los japoneses que había en la sala se sintieron incómodos con ellos allí, así que los dejaron a solas.

—Puede ser… Nunca lo he probado… —Se llevó un dedo a la boca para morderlo con mucha sensualidad.

Aquello puso muy malo a Javier. No le disgustó la idea, pero se contuvo. Aún no se había dejado empotrar. Si encima David le salía dominante, no sabía si derretirse de gusto o morirse del miedo.

El pelirrojo, tras haberse reído a su costa, aunque planteando comprar la correa de verdad, salió de la sala y fue a buscar unos preservativos que le fueran bien.

El japonés que le atendió tuvo que buscar la caja de condones adecuada y que los *gaijin*[29] solían adquirir, ya que las tallas medias japonesas eran más pequeñas.

Javier se había quedado absorbido por los luminiscentes dildos femeninos en pleno funcionamiento, unos al lado de otros en su estantería. Pestañeó alucinado al ver unas pequeñas lengüitas moverse para estimular el clítoris.

—Ya está, podemos irnos —lo avisó David.

—¿Seguro que no hay correa o fusta?

—No por ahora —se mofó.

—No me fío de ti…

Pisaron de nuevo la calle principal de Akiba y se encaminaron hacia el hotel siendo ya de noche, tras pasar el día de tiendas.

—Hoy podemos utilizar la cena gratuita que tenemos en el hotel —propuso el pelirrojo mientras subían la interminable cuesta hacia el Edoya.

—Estaría bien. Estoy un poco cansado y necesito recuperar fuerzas.

—Yo también.

Subieron a la habitación, dejaron todas las bolsas y Javier se vio atrapado entre David y la pared, comido a besos. Abrazó con fuerza a su chico y le devolvió todos los ósculos.

---

[29] Extranjero

—Qué ganas tenía de besarte. Es un suplicio no poder hacerlo nunca —susurró David entre besos y más besos.

—¿Y la cena? —David no respondió, solo le tapó la boca con otro beso, uno profundo y largo que arrancó a Javier un gemido placentero.

El hombretón sintió sus manos debajo de la camiseta, arañando sus pectorales, bajando y colándose por dentro de los pantalones.

—Me da igual la cena.

David empujó a Javier hasta el sofá para que se sentara y así colocarse a horcajadas sobre él. Terminó de despojarlo de la molesta camiseta y se quitó la suya.

Los fuertes brazos de Javier le rodearon de todas las formas posibles y terminaron sobre el tatami con la ropa a medio quitar, riéndose.

—Desvísteme despacio que tengo prisa —Javier recitó mal aquel dicho a propósito.

—Tienes razón, seré lento —susurró con maldad, jugueteando.

Primero le quitó una zapatilla, luego la otra. Un calcetín, después la pareja. Deslizó los pantalones vaqueros con una lentitud muy medida, para desespero de Javier. Pero fue peor cuando hizo lo mismo con su propia ropa, hasta quedarse desnudo.

David estaba disfrutando mucho ser el que llevase la voz cantante aquella vez y se arrepintió de no haberse hecho con la correa para el cuello. Tener sometido a aquel pedazo de hombre, grande y fuerte, le puso muchísimo. Deslizó las manos por el interior de los muslos velludos de Javier hasta llegar a la cinturilla de la ropa interior. De ella asomaba aquella verga tan grande y potente. Se mordió el labio al verla y terminó por despojar a Javier de toda prenda que se interpusiera en su camino.

Este, alucinado de cómo cambiaba David en la intimidad, se reafirmó en su pensamiento de que era un íncubo subyugador.

Este se deslizó entre sus piernas, agarrado a sus muslos, para devorar su sexo.

Javier jadeó de placer cuando aquella lengua húmeda se recreó en su glande, cuando esos dientes mordisquearon con cuidado sus testículos, cuando se metió su verga en la boca y la chupó a conciencia.

—David… Estoy muy caliente, me voy quemar vivo…

Este no dijo nada, ocupado como estaba en afanarse para darle el placer que se merecía.

—P-para o me corro… Para, por favor te lo pido… —dijo en un lamento placentero mientras subía las caderas sin poder controlarse.

David decidió portarse bien y detenerse. Se colocó encima de él, que lo abrazó. Se volvieron a besar con ansia viva.

—Quiero follarte. —David dejó muy claras su intenciones apretando su sexo contra la ingle de Javier, que lo sintió bien caliente y duro.

—El lubricante está en mi neceser.

David corrió a por él y Javier se apoyó en el asiento del sofá, nervioso.

—Tranquilo… —le susurró el pelirrojo cuando volvió. Se colocó el preservativo y lo embadurnó con la resbaladiza crema. Acto seguido echó un buen chorro sobre dos dedos de la mano derecha, pero antes besó y mordió las nalgas de Javier, lamió los cargados testículos y acarició el inicio de su recto con cuidado.

Javier pensó en lo considerado que era David hasta que este le abrió las piernas para acomodarse bien, sin miramientos. Para rematarlo, lo agarró del cabello y tiró de él.

—No tengo correa, pero sí tu pelo —le dijo con voz ronca.

Javier jadeó de puro placer con aquella brusquedad tan sexi. Sintió los dedos de David introducirse en él a empellones, lo cual le excitó y dolió a partes iguales.

El pelirrojo moría de ganas de meterse en ese culo tan apetecible, pero se tomó con calma dilatarlo bien y se fijó cuándo Javier gemía de gozo y cuándo apretaba el culo en espasmos incontrolados.

—Métemela… —pidió Javier, ansioso. Había estado sintiendo cosas nuevas y muy perturbadoras solo con los dedos jugueteando allí. Si se intensificaban las sensaciones con la polla de David dentro la quería ya, aunque doliese.

—Tú lo has pedido —susurró tirándole más del pelo. Se recolocó bien y guio su pene hasta introducirlo un poco.

Javier tuvo un espasmo. No le dolió, fue una intromisión pequeña, hasta que David se fue haciendo paso a empellones y tuvo que agarrase al sofá con fuerza y hundir la cabeza entre los almohadones.

La cadera de David le empujó y aquello le hizo gemir de placer. La sensación fue rara y satisfactoria a partes iguales. Se notaba que ya lo había hecho, aunque no fuera con hombres, porque sabía muy bien cómo moverse.

David, por su parte, estaba en la gloria. Solo de mirar cómo entraba y salía su polla de aquel culo estuvo a punto de correrse, así que cerró los ojos y se concentró más en las sensaciones, en los jadeos de Javier, que cada vez eran más placenteros, en su propia delectación. No pudo aguantarse y el orgasmo el sobrevino rápido, como un latigazo. Fue capaz de empujar el cuerpo de Javier de tan fuerte que eyaculó.

—Perdona, no he podido más… —jadeó casi sin aire en los pulmones.

—Me encanta que te hayas corrido dentro de mí… Me encanta…

David respiró con fuerza y volvió a empujar a Javier, pues aún no se le había bajado la erección.

El subyugado se retorció mientras se masturbaba y sentía las embestidas de David y sus dedos bien agarrados a las caderas, quemándole la carne. Se corrió emitiendo un lamento largo y gozoso, apretando el culo al notar una sensación nueva y extremadamente placentera que le recorrió el cuerpo y le hizo temblar las piernas.

—J-joder… Dios, qué es esto…

David le dio una buena cachetada en el trasero y volvió a estirarle del cabello, terminando de hacer gemir a Javier, que acabó con falta de aire, derrengado sobre el sofá, respirando con agitación.

—Vaya, así que has llegado al otro orgasmo...

—Sí... —gimió casi sin voz—. Ahora entiendo que ayer lo gozases tantísimo... Madre mía...

David salió de él y fue al baño para coger papel y tirar el preservativo usado. Javier lo siguió y abrió el agua caliente de la ducha.

Aún estaba en *shock* por haber sentido dos orgasmos diferentes. Recibió a David con los brazos abiertos en cuanto este se metió bajo la ducha con él. Se besaron y acariciaron, limpiándose el uno al otro en silencio.

Al finalizar y secarse, se tumbaron sobre el futón, completamente agotados de todo el día.

—Te quiero muchísimo, Davi... Más que a nada. —Lo besó de nevo, ya casi dormido.

—Yo también, amor mío.

David puso la alarma para el día siguiente pues les esperaba un largo viaje hasta la localidad de Nikko. Después se durmió junto a Javier, que le observó hasta caer rendido también.

-Capítulo 6-

Por desgracia no pudieron irse a Nikko porque estaba lloviendo a mares de una forma exagerada. En Tokio diluviaba sin parar.

Poner un pie en la calle era casi imposible y, tras consultar el tiempo que hacía en Nikko, era el mismo a pesar de la distancia. Llegar hasta allí llevaba bastante tiempo y ver los templos y localizaciones diluviando no era la mejor opción.

—Siento mucho que no podamos ir… —se lamentó Javier—. Quería ver los monitos esos de «no veo, no oigo, no hablo». —Hizo las figuras con las manos.

—Míralo por el lado bueno: ya tenemos excusa para volver, y dos semanas además. Así podremos ampliar los días de estancia e irnos a Kioto, Osaka, Nara, Hiroshima, Miyajima... O subir a la isla de Hokkaidô… —Le quitó las manos de la boca y se las besó.

—No hay mal que por bien no venga… —Acarició la mejilla pecosa de David, obnubilado ante su belleza masculina y dulce. Era un hombre muy guapo físicamente, aunque él no se lo creyese.

—Se me ocurre que bajemos a desayunar, nos relajemos en el *onsen* interior y luego comamos por aquí cerca un buen *ramen*. Por la tarde trabajo un poco y adelanto contenido que quiero subir y después, si mejora el tiempo, nos damos una vuelta. Por la noche cenamos en el restaurante. Porque últimamente lo de cenar se nos olvida… —dijo entre risas.

—Cualquier cosa contigo me parece un plan fabuloso.

—Qué tonto eres —susurró antes de besarlo de nuevo con mucha ternura—. Te quiero…

Javier se creyó morir de felicidad.

—Tengo que confesarte una cosa: tanto Sonia como Vanesa me parecían gilipollas y les tenía celos.

—¿En serio? Bueno, a mí me molestaba que cambiaras de novio cada dos por tres… No eran celos, porque ni se me pasaba por la cabeza que sintieras algo por mí. Pero reconozco que me enfadaba un poco. Supongo que quería que fueras feliz con alguien que te valorara.

—Y lo soy ahora. Ya solo tengo celos de un personaje de videojuego, rubito y mono.

—Pero qué tonto eres.

Javier lo tomó por el pie que llevaba vendado y, con mucho cuidado, le revisó la torcedura.

—¿Te duele? Parece estar menos inflamado, pero como ayer anduvimos tanto...

—Ha mejorado. ¿Vamos a desayunar? Ya es la hora —le recordó.

Javier asintió y ambos se vistieron y bajaron al comedor.

—*Ohayô gozaimasu!* [30] —saludaron de buena mañana, con una reverencia formal, nada más entrar en el comedor. Recibieron igual respuesta por parte de los empleados.

Tenían dos mesas repletas de viandas: una con un desayuno occidental y la otra con el japonés. Por descontado prefirieron la opción nipona.

Javier se puso hasta arriba de arroz con fritura de pescado, sopa de cebolla calentita y tortilla.

David disfrutó viéndolo comer con tanto entusiasmo y se regocijó. Aunque le vino de pronto un pensamiento intrusivo de los suyos, de esos que aparecían sin preguntar y en plan «te voy a joder el día».

Tal vez fuera por el cansancio acumulado, el exceso de emociones y que su cerebro no se podía estar quieto ni dejarlo ser feliz como una persona normal.

—¿Y esa carita triste? —indagó Javier al ver cómo se ponía mustio.

—Los días de lluvia me afectan un poco, supongo…

—Cariño, no te preocupes. No podemos estar súper activos y contentos a todas horas.

—¿Seguro que no te aburrirás todo el día en la habitación? Perdóname, no iré al *onsen*.

—A lo primero: no porque tengo guarradas para mirar y estar contigo ya me llena, aunque vegetemos en silencio. A lo segundo; no hay problema, iremos cuando quieras. Si no, subiré yo y ya está. ¿Vale?

—Tampoco quiero salir a comer… —Fue expulsando sus emociones poco a poco, para ver cómo reaccionaba Javier.

—Bajo al *conbini* y compro comida para llevar. ¡Mira qué sencillo! —Javier no perdió la sonrisa en ningún momento, mientras se terminaba el bol de arroz blanco.

—De acuerdo… —David intentó sonreír. Vanesa ya habría despotricado treinta veces, así que la actitud de Javier lo tranquilizó y dejó de sentir culpabilidad.

Después de desayunar volvieron a la habitación y se acomodaron en la salita. David encendió su potente portátil para editar los vídeos y Javier se recostó en el sofá mientras miraba los cómics que se había comprado.

Sobre las dos de la tarde, Javier decidió salir a comprar.

—Voy a supermercado. ¿Qué te traigo?

—Un *misokatsu*[31] si es que hay. O algo similar. Para beber me vale agua o zumo de naranja.

---

[30] ¡Buenos días!
[31] Carne de cerdo empanado

—De acuerdo, no tardo nada.

Javier se fue con el paraguas para no mojarse mientras Davi continuó editando un vídeo.

De pronto sonó el teléfono del hombretón, el cual se había dejado sin querer. David lo cogió ya que se trataba de su madre.

—Hola, Isabel. Soy David.

—¡Hola, bonico! ¿Cómo lo estáis pasando?

—¡Muy bien, la verdad! Hemos visto muchas cosas, pero hoy esto parece el diluvio universal, así que nos hemos quedado en la habitación. Javier ha ido a comprar algo para comer —le informó.

—Solo dile que los gatitos están en la gloria, muy mimaditos. Y que han llamado del Do Yang, donde trabajaba. Que se pase a por su finiquito cuando vuelva.

David se quedó callado unos segundos, intentando digerir la información.

—¿El finiquito?

—¿No te lo dijo, cariño? Se negaron a darle vacaciones, así que se fue… Su padre y yo nos enfadamos bastante, pero ya es adulto y no podemos meternos en su vida… —Isabel se quedó callada un momento—. Deduzco que no lo sabías… Vaya metedura de pata.

—No te preocupes, Isabel, no es culpa tuya, es suya por no contarme algo tan importante. Ya hablaré con él cuando llegue —intentó sonar afable, pero por dentro se lo habían empezado a llevar los demonios.

—No seas duro con él, simplemente no quería que fueras solo a Japón dadas las circunstancias.

—Lo imagino… —David apretó la mandíbula—. Le diré que has llamado. ¿Quieres que te devuelva la llamada?

—No, bonico. Me vuelvo a la cama que aquí es muy pronto. Solo avísale de que los gatitos están bien.

—De acuerdo. Saluda a tu marido de mi parte. Un beso, Isabel.

—Besos, cariño.

David colgó y dejó el móvil donde estaba antes. Fue incapaz de concentrarse en editar vídeos, así que cerró la tapa del portátil con fuerza y se sentó en el sofá, moviendo la pierna izquierda de pura ansiedad y cruzándose de brazos, crispado.

Cuando entró Javier, haciendo bromas de lo empapado que llegaba, y vio la cara de David, se quedó callado como una tumba. La mirada que le echó este fue matadora a niveles asesinos.

—Ha llamado tu madre. Los gatos están bien. También me ha dicho que puedes recoger tu finiquito cuando vuelvas —ahí su tono de voz se intensificó y Javier suspiró bajando la cabeza.

—Te lo iba a contar.

—¿Cuándo? ¿Cuándo me ibas a decir que habías dejado el puto trabajo para venirte a Japón conmigo? ¿Estás loco? ¡Llevabas años ahí! ¡Y al irte no tienes acceso al paro!

—No podía permitir que vinieras solo, no con tus antecedentes de suicidio y después de que esa tía te abandonara de aquella forma. ¡No podía ni pensar que te pasara algo grave estando aquí! —rebatió también en tono de enfado—. Quería estar contigo y me daban igual las consecuencias laborales.

—¡Esa no es la cuestión, Javier! —David se levantó, furioso, y se acercó a él para increparlo—. ¡Tenías que haberme consultado!

—No, porque era mi decisión unilateral. El trabajo o tú —respondió sin apearse del burro.

—Me estás haciendo responsable de dejar un trabajo, aunque sea de manera indirecta. Eso me pesa una tonelada y no estoy para soportar más lastre en la mochila. ¡No puedo más, Javier! ¡No puedo!

Gritó de rabia, agarrado a la camiseta mojada de Javier. Este intentó abrazarlo pero David se apartó.

—Perdóname…

—¡No quiero! Vete del cuarto. O te vas tú o me voy yo y no me vuelves a ver en todo el día. ¡Fuera! —exigió señalando la puerta.

—Solo si me prometes que no harás nada raro.

—¡No voy a prometerte nada! ¡Vete y punto! Fuera, qué te vayas ya, coño. —Le dio un empellón y Javier cogió sus cosas más importantes y las metió en la mochila.

Con los ojos llorosos abandonó la estancia.

David se puso de rodillas, apoyado en el sofá, y prorrumpió en sollozos ahogados durante mucho tiempo, angustiado por la situación.

Acabó tan agotado mentalmente que se fue al futón y se quedó dormido durante horas.

o ∴ o

Javier se marchó, a pesar de la incesante lluvia, hasta Odaiba, la bahía de Tokio. Se subió al monorraíl de la línea Yurikamomi, que atravesó todo el puente Rainbow, y se bajó cerca del conglomerado de edificios llamado Palette Town, donde estaba la gran noria. Comió unos *takoyaki*[32] sin muchas ganas, se paseó por las distintas tiendas y se acabó subiendo a la noria que, a pesar del mal tiempo, seguía en funcionamiento. Poco a poco dejó de llover y, al fondo, pudo ver el anochecer colándose entre las nubes hasta que se hizo de noche y las luces de los edificios, la Torre de Tokio y el propio puente, se iluminaron a lo lejos. Suspiró mirando por enésima vez el móvil: David no le había dado permiso para volver.

Cuando tuvo que bajarse de la noria volvió a la estación para coger el monorraíl y de ahí hasta Akihabara haciendo algún trasbordo.

---

[32] Bolitas de pulpo

A pesar de la lluvia seguía habiendo mucha gente en todas partes porque allí estaban muy acostumbrados a ello.

Paseó por las distintas plantas de una tienda de segunda mano llamada Mandarake. Había dos plantas dedicadas al manga Boys Love y al cómic para mujeres, así que se pasó el rato allí hasta que fue la hora de cerrar. Se llevó algunos cómics y volvió al Edoya, aunque sin saber nada de David. De hecho, cuando llegó a la habitación y llamó tenía el corazón en la boca. Se imaginó alguna escena dantesca donde David había hecho algo que no quería ni imaginarse.

Soltó aire cuando el hombre abrió la puerta y le miró con cara mustia, ojos enrojecidos, labios hinchados de llorar y expresión de arrepentimiento.

Javier entró, soltó la bolsas y lo abrazó con todas sus fuerzas, llorando como un niño.

—Perdóname por no haberte dicho nada, perdóname, por favor. Mi vida sin ti es un asco, solo quiero estar contigo, solo quiero que me ames. Te he hecho infeliz cuando me prometí que no permitiría que lo fueses… —dijo entre lágrimas y temblores.

—Javier, estás empapado… ¿Tienes fiebre? —Le tocó la frente y sintió arder su piel.

—No importa, solo quiero saber si estás bien.

—No estoy bien, no. Pero… Mi reacción ha sido desmesurada. Sigo enfadado por lo que has hecho… Sin embargo, yo tampoco puedo estar sin ti. No quiero que volvamos a pasar un día de mierda como hoy. Perdóname tú a mí por haberte echado así.

—No tengo nada que perdonar. —Le acarició la cara y lo besó con anhelo.

—Ve a la ducha, estás tiritando.

Javier asintió con un estremecimiento y se dejó guiar.

David hizo el futón, preparó la ropa interior y el pijama dejándolos sobre la cama. Puso más fuerte el aire caliente y esperó a que Javier saliese. Le dio un paracetamol y lo ayudó a vestirse e introducirse en el lecho, tendiendo debajo de su cabeza una toalla para que se le secara mejor la larga cabellera mojada.

—Me he pasado el día aquí, agobiado. Quería llamarte y… Estaba tan enfadado… Soy tan gilipollas —explicó David mientras le acariciaba la barba a Javier.

—A pesar de eso te quiero con locura y lamento mucho haber añadido peso a tu mochila, he sido muy egoísta.

—¿Te vienes a vivir conmigo? —preguntó David en un susurro—. Ya nada te retiene en Gandía, solo tus padres.

Javier se quedó estupefacto ante una proposición semejante.

—¿Y los gatos? —indagó Javier con el corazón en un puño.

—Evidentemente se vendrían. Jamás intentaría siquiera separarte de ellos… Son tu familia y quiero que sean la mía.

Javier se irguió y abrazó a David con emoción.

—Claro que quiero vivir contigo.

—¿No es muy pronto? Nunca he convivido con mis anteriores parejas, tal vez sea un desastre…

—He esperado 20 años, ¡qué va a ser pronto! —se pronunció.

—¿Te vienes a mi casa a jugar al *Fifa*, entonces?

—Sí…

Después de eso se besaron acurrucados el uno al lado del otro, dándose mimos y haciendo planes juntos.

oOo

Amaneció casi despejado en Tokio.

Javier despertó constipado, pero eso no le impidió ponerse en pie, desayunar como un campeón y prepararse para ir al parque de Yoyogi, en Harajuku, al lado de la bulliciosa calle Takeshita.

Salieron de la estación de tren de estilo clásico europeo, y se dirigieron hacia la entrada del parque, donde una enorme puerta *Torii* [33] daba la bienvenida a los miles de turistas y tokiotas que paseaban por el extenso recinto.

El camino central era amplio, jalonado por árboles muy altos y frondosos, tanto que tapaban prácticamente el cielo. El aire resultaba puro, limpio y fresco.

Visitaron una zona aparte con jardines de preciosos colores, una límpida laguna y casas tradicionales que convivían en perfecta armonía y producían una sensación de paz única.

—Me encanta. ¡Me encantan estos sitios! —se pronunció Javier, mucho más animado aunque con voz nasal y mocos.

—Ponte la mascarilla, anda. —Le dio una que había comprado—. Así evitamos paranoias ajenas.

—Ya, tienes razón. Con esta barba me molesta y pica, eso sí —se quejó.

—Pues te la quitas. Estarás guapísimo —bromeó David mientras hacía fotos a los hongos gigantes que vivían en los troncos de los centenarios árboles.

Javier tomó nota mental y se sonrió. Llevaba muchos años con su barba, tal vez era el momento de quitársela y tener un rostro suave para su chico. Se había dado cuenta de que su vello facial le enrojecía la piel, en especial alrededor de los labios y la barbilla.

Después llegaron al Santuario Meiji, donde pudieron observar una boda tradicional japonesa, con un montón de invitados y una novia

---

[33] Puerta de entrada erigida en el acceso a cada santuario sintoísta

vestida de blanco, muy guapa. El recién marido no lo era tanto, aunque iba muy elegante con su ropa de corte ancestral.

—Es increíble lo distintos que somos de los japoneses. ¿No te lo parece?

—¿Los españoles en particular? Muchísimo. Aquí todo es blanco o negro, guardan las formas de cara al público, son cabezones como ellos solos… Luego, como todos, tienen sus cosas buenas y malas, al fin y al cabo. El mundo del manga hace que los adolescentes idealicen el país. Seamos sinceros: tienen taras muy oscuras. ¿Quién nos dice que esa pareja que se ha casado lo ha hecho por amor? Tal vez sea un matrimonio concertado y no tuvieron elección. Nosotros al menos sí la tenemos.

—Y, a pesar de eso, es un sitio fascinante… —susurró Javier mientras miraba los barriles de sake que adornaban las cercanías del santuario, apilados unos encima de otros de forma decorativa.

—Ven, continuemos —lo azuzó David, tomando su mano y caminando ambos de esa guisa.

Hubo gente que los miró, un poco asombrados o molestos. No obstante, la gran mayoría de transeúntes ignoró ese contacto físico.

—Me dan ganas de besarte en los morros para que terminen por llevarse las manos a la cabeza.

—No seas bruto. Respetemos sus costumbres. Pero no me sueltes la mano, ni se te ocurra, aunque yo te lo pida, te lo grite o me enfade —dijo dando a entender que, si se enojaba de nuevo, no cejara en su empeño de permanecer juntos ante las adversidades.

Encontraron, en una de las tantas ramificaciones que tenían los caminos del parque, un lugar solitario donde sentarse y se pusieron a comer *maki*[34] de pepino y a beber zumo de naranja en brik.

—No hay nadie por aquí, ni un alma… —susurró Javier mirando a David.

Este lo asió por el rostro y le dio unos cuantos besos castos, sin lengua. Javier se los devolvió con una sonrisa en la boca.

—¿Te puedo querer más? Sí, cada segundo que pasa.

—Y yo a ti.

Escucharon a alguien caminar por la zona y se apartaron mientras seguían comiendo. Apareció una pareja de extranjeros y se saludaron en inglés. También iban de la mano, solo que ellos eran hombre y mujer.

—Davi, ¿te ves con fuerzas para salir del armario? —le planteó Javier—. No quiero decir ahora…

—Necesito un poco de tiempo.

—El que haga falta, ya te lo dije. No deseo que eso te cause un trauma. Sé muy bien cómo son de crueles las personas que hay al otro lado de las redes sociales.

---

[34] Un tipo de sushi con un alga nori que lo recubre

—A veces pienso que debería abrir mi propia empresa de programación. Combinar servicios de ese tipo para negocios con la creación de videojuegos *indie*[35]. No sé qué opinas.

—¡Es una idea fantástica! —Se entusiasmó de veras—. Ser creador de contenido está muy bien, pero no creo que sea algo que se pueda estar haciendo toda la vida. Siempre digo que todos los tíos que hacen esto ahora, un día serán unos carrozas pollaviejas. —Estalló en carcajadas.

—¡Hombre, muchas gracias!

—No, tú no. Siempre serás una monada aunque tengas 70 años.

—Madre mía… —David sonrió y le dio otro beso—. Vámonos a la calle Takeshita, anda. Hay un Daiso y va muy bien para comprar regalitos baratos.

Volvieron a cogerse de la mano y salieron del enorme parque. Apenas tuvieron que caminar para dar con la calle, que se veía a lo lejos por lo mucho que resaltaba. La entrada estaba decorada con un montón de globos coloridos que emulaban flores y debajo se podía leer el nombre de la calle en un panel electrónico.

Se adentraron entre el gentío y observaron las diversas tiendas, el McDonald's, ropa monísima para mujeres, también para hombres. Se cruzaron con varias Lolitas y David le hizo fotos a Javier junto a ellas, posando todos con monería, inclusive el hombretón.

—Lo llevo en la sangre aunque vista de negro. Mi alma de metalero es de algodón de azúcar.

—Eres de lo que no hay, tonto. Mira, el Daiso que te decía.

Se metieron en una amplia tienda, de varias plantas, donde se podían encontrar todo tipo de artículos de menaje, hogar, papelería, comida, chucherías, bebidas y lo que se les ocurriese, a precios muy económicos.

—Aquí hay cosas muy útiles y chulas. Mira esta pequeña *geisha*[36], es un imán. Me llevo 20 para regalar. —Javier estaba entusiasmado comprando chorradas diversas para sus amistades y familiares.

Al final, tras pagar las compras y llenar bien las mochilas, decidieron recorrer juntos el resto de la larga calle y las adyacentes a esta. Salieron por el final y buscaron un restaurante donde comer bien. Terminaron en un *izakaya* que estaba en la segunda planta de un edificio dedicado a la restauración.

Se sentaron alrededor de una mesa que contaba con un hornillo donde freirían las tiras de carne. Pidieron bastantes cosas para compartir y cervezas de acompañamiento.

Como el ambiente era muy animado, sobre todo porque había mucha gente que ya estaba de fin de semana, consideraron que era aceptable hablar alto y reírse sin parar.

---

[35] Independiente

[36] Muchacha instruida para la danza, la música y la ceremonia del té, que se contrata para animar ciertas reuniones masculinas.

—Aquí no toleran el alcohol bien, me parece a mí —relató Javier riéndose a mandíbula batiente—. Mira cómo van ya de pedo los de esa mesa. No sé qué dicen pero me choca semejante escandalera.

—Por lo visto no está en su genética aguantar bien el alcohol. Los españoles estamos hechos de otra pasta, para bien o para mal.

—Como el tío de esta mañana tirado a la puerta del *conbini* y durmiendo la mona. No es oro todo lo que reluce.

—Y la policía enfrente pasando de todo —añadió David, divertido.

—Me alegra verte más animado hoy. Me quedé muy angustiado.

—Perdóname…

Javier lo cogió por la mano y le apretó los dedos en señal de afecto.

—No quiero que vuelvas al hospital como te pasó durante la pandemia. Y yo sin poder ir a verte.

—Eso no va a volver a suceder, te lo aseguro. Soy mucho más fuerte que antes.

Javier asintió en silencio y con una sonrisa.

Tras terminarse la cena, pagaron y salieron. Ya era de noche y soplaba un viento agradable.

—¿Quieres ir a ver la Torre de Tokio, cariño? —indagó David mirando a Javier, que parecía algo cansado por el trancazo y las cervecitas que llevaba encima.

—Claro que sí, lo quiero todo contigo.

Volvieron a cogerse de la mano y se encaminaron hacia un nuevo destino.

o˙˙.o

La torre sobresalía en la noche como una preciosa lucerna. La estructura estaba pintada de color rojo y blanco, con una estructura muy similar a la de la Torre Eiffel de París. De noche emitía una luz naranja impresionante.

Subieron en el ascensor hasta el primer mirador y se quedaron impresionados con la panorámica de la ciudad y las luces de los edificios.

—Me gusta mucho más que el Skytree —hizo saber Javier.

—A mí también, es tan bonito todo… ¿Sabes? Subí a la Torre Eiffel con Vanesa el año pasado…

—Supongo que también fue bonito —comentó Javier de forma afable.

—No, qué va… Ese día me esforcé mucho por salir, a pesar de tener un ataque de agorafobia. Y ella estuvo todo el tiempo que pasamos allí recriminándome que sufriera de ansiedad. Lo tildó de tontería.

—No son tonterías, es tu realidad.

—Gracias por entenderlo.

Permanecieron en silencio observando la ciudad de Tokio hasta que Javier rompió ese mutismo.

—Ayer me subí a una noria que hay en Odaiba y vi un poco el anochecer. Pero sin ti fue como si mi vida estuviese vacía. Quiero ver otros anocheceres a tu lado, visitar cientos de lugares diferentes cogido de tu mano, pasar la tarde en el sofá de casa, con los gatos encima, y compartir un *ramen* para dos, solo contigo. Y ya sabes que lo del *ramen* es sagrado para mí… —bromeó.

David sonrió con lágrimas en los ojos y lo abrazó a pesar de estar en público. Javier le estrechó contra sí, emocionado.

—*Aishiteiru…*[37]—susurró el pelirrojo.

—*Aishiteiru…* —respondió el hombre que lo amaba.

---

[37] Te amo

-Capítulo 7-

Cenaron por fin en el restaurante del hotel tras volver de visitar la Torre de Tokio y comerse unas crepes de estilo japonés, enormes, con nata y fruta en un puesto callejero que estaba justo a los pies del monumento.

Luego subieron al cuarto y acabaron de recoger las maletas y Javier no pudo evitar reírse cuando fue David el que le pidió que le guardara cosas en su equipaje de mano.

—No te descojones... ¡Se pasa de peso! —se lamentó.

—Es que eras tú el que me decía a mí que esto pasaría al revés. No se te puede dejar suelto por las tiendas de videojuegos. Venga, dame a ver qué podemos hacer. No sé, metemos los peluches y alguna figura, tampoco da más de sí con los cómics que he comprado.

—Cómics cochinos para chicas, ni más ni menos.

—Correcto. Estoy en sintonía con ellas, tenemos idénticos gustos perversos y guarrones.

—Pues yo me arrepiento de no haberme hecho con la correa... —susurró mientras cerraba su maleta a presión subiéndose encima de ella para que cediera.

—Calla, no me pongas cachondo, que estoy malito. Íncubo del averno, sensual, sexi y pervertido... —Lo abrazó y le dio un beso largo y sensual.

—Vamos a descansar, nos espera un larguísimo viaje de vuelta —le indicó para pararle los pies.

—Está bien, no creo que hoy pueda darte con todo. Y si no lo hago así, no vale —expresó en tono digno.

David se echó a reír de nuevo y le acarició el cabello largo y suave.

—Ya está casi todo preparado, vámonos a dormir.

Dejaron en la entradilla de la habitación preparada la ropa que llevarían puesta, ambas mochilas, la enorme maleta y la pequeña de Javier. Se aseguraron de que los móviles cargasen y pusieron las alarmas a las cinco de la mañana.

Se introdujeron en el futón, relajados, mirándose, acariciando el rostro o el cabello del otro.

—Nuestra historia de amor es de manga Boys Love. Un *friends to lovers* en toda regla, con final romántico y escenas *hot*... —susurró Javier.

—Cuánta imaginación tienes.

—Uy, y ya se me ha pasado por la cabeza cómo hubiese sido si te me llegas a declarar, o yo a ti, a los 16 años. ¿Te lo cuento?

—A ver, suéltalo. Miedo me das...

—Nosotros dos, sentados en la arena de la playa al anochecer —comenzó a relatar en tono dulce—. Tú hubieses apoyado la cabeza en mi hombro, yo habría olido tu precioso pelo y me habrías dicho que no ibas a volver al año siguiente, ni nunca.

—Eso pasó de verdad... —David sintió una mezcolanza de morriña y tristeza.

—Sin embargo, no sabías que mi corazón se rompió en mil pedazos... —confesó en un tono de voz suave y tristón.

—No...

—Si me hubieras mirado en ese momento, lo habrías notado. Pero te quedaste quieto hasta que yo me separé de ti.

—No me atreví a moverme, quise alargar el contacto porque creía que, con los años, nos distanciaríamos. Es lo que suele pasar en estos casos —se justificó.

—Nunca fue mi intención. Y nunca permití que eso pasara.

—Entonces, si yo te hubiese mirado... ¿Qué habría sucedido?

—Nos habríamos besado con los ojos, cariño. Porque era imposible que no se me notara lo colado que estaba por ti ya que bajé la guardia...

—Soy tan tonto... Estaba aterrado por si te dabas cuenta de que me gustabas. No quería irme de allí siendo rechazado... Preferí llevarme nuestra amistad intacta y el corazón entero.

—He hiciste lo correcto. Como comentaste hace unos días; el momento es este. Y el tiempo dirá, pero estoy muy seguro de que quiero pasar el resto de mi vida contigo. Lucharé siempre para que se cumpla, lo daré todo.

Javier se puso a sollozar de la emoción.

—Mi amor —susurró David, abrazándolo—. Quédate conmigo unos días más en Madrid. Total, ya no trabajas y tus gatitos estarán bien con tus padres.

Javier asintió en silencio.

—Aunque tengo mucha tarea que hacer editando vídeos y creando contenido... No podré prestarte la atención que te mereces, perdóname.

—No me importa ser una seta con *jet lag*.

—Mi setita de Mario.

Javier se echó a reír.

—Maldito friki, cómo te quiero.

—Y yo a ti...

o ∴ o

El vuelo de vuelta fue mucho más cansado que el de ida, en especial para Javier que siguió constipado y vomitando cada dos por tres, blanco como el papel. David se pasó el tiempo cuidando de él con diligencia y mimo, acunándolo en su regazo o sobre sus piernas.

Volvieron a hacer escala en Londres tras doce horas y aterrizaron en Barajas a las once de la noche del mismo sábado, al haber recuperado la diferencia horaria. Recogieron la maleta y salieron, encontrándose con Tere, la madre de David, que fue a recogerlos en su coche ya que Javier se encontraba bastante perjudicado dadas las circunstancias.

—¿Vamos a urgencias del hospital de Torrejón? —propuso ella ya que vivía allí.

—No, de verdad, Teresa, no te preocupes. Solo necesito dormir y no moverme —le dijo Javier con voz débil.

—¿Y tú estás bien, cariño? —le preguntó a su hijo.

—Sí, solo tengo cansancio por el viaje, pero a mí no me sienta mal volar, ni este plasta me ha pegado el constipado.

—Eso es raro habiendo dormido juntos, ¿no? —dejó caer la avispada mujer.

Se había fijado en cómo David tocaba a Javier y viceversa. Pensó en que ya era hora tras tantos años mareando la perdiz como dos besugos. Uno de flor en flor y el otro saliendo con tontainas.

—Sí, bueno… —balbució su hijo. Luego carraspeó.

—¿Alguna novedad que contarme? —insistió con voz meliflua.

Javier miró a David y arqueó las cejas, derrengado, dejándole toda la responsabilidad.

—B-bueno… Javier y yo estamos juntos… —confesó con cierta vergüenza.

—Pues sí que habéis tardado en dar el paso. Si de adolescentes estabais coladitos el uno por el otro. ¡Enhorabuena, niños! —los felicitó con mucha alegría.

—¡Mamá! ¿Qué dices? ¿Lo sabías? —Se escandalizó.

—Te piensas que tu madre es tonta, se chupa el dedo o nació ayer. No, hijo, no —dijo Tere mientras se adentraba en Madrid capital para llegar a casa de David. A aquellas horas había mucho tráfico por la zona al ser sábado por la noche—. Andabas suspirando todo el santo día: que si Javier esto, que si Javier lo otro. Y tú, Javier; chinchándolo siempre con tal de llamar su atención a toda costa. No he visto a nadie pelar la pava como vosotros, pero sin decirse las cosas claras.

Javier se puso a reír.

—Lo que me ha costado llevármelo a mi terreno, pero ha caído en mis redes por fin.

—Supongo que has tenido que tirarle todos los trastos del mundo para que se diera cuenta, porque mi hijo está tonto.

—¡Mamá! —la espetó ofendido y sabiendo que tenía toda la razón del mundo.

Llegaron a la altura del portal de David, así que se apearon y sacaron todos los trastos.

Javier abrazó a la mujer, su suegra por derecho propio, y esta le pidió que cuidase bien a su hijo.

—Y tú, tómate en serio a Javier. Vale oro y se le ve que te quiere y siempre lo ha hecho —aconsejó.

—Lo tomo completamente en serio, mamá —le aseguró con su expresión más adusta.

—Bueno, estoy cortando el tráfico. Nos vemos pronto, niños —se despidió con prisa, se metió en el coche y se fue.

David abrió la puerta del portal y subieron al piso. Nada más traspasar el dintel, Javier se emocionó al imaginarse viviendo allí con sus tres michis y con David.

—Duchémonos y a la cama. No puedo con mi alma —propuso David y Javier no se negó a tenerlo desnudo bajo el agua caliente de una relajante ducha.

Lo abrazó contra sí por detrás, excitado.

—¿Estás hecho polvo y te pones cachondo? —comentó, divertido, al notar la erección de Javier apretada contra su trasero.

—¿Qué quieres? Me han entrado ganas ahora que me siento mejor. Además, ya te dije que en esa habitación de ahí también se follaba. Es lo que pienso hacer: dejar mis feromonas de animal en celo mientras te hago el amor… Hay que borrar las huellas de la otra…

David se puso tonto sin poder evitarlo, así que empujó a Javier hacia la estancia mientras se quitaba la camiseta y le metía mano bajo la suya, buscando la bragueta del pantalón.

Acabaron ambos sobre la cama, a medio desvestir, comiéndose a besos y tocándose sin parar. No fueron bruscos, estaban demasiado agotados como para poner toda la carne en el asador, así que hicieron el amor abrazándose, con caricias, mordisquitos y besos pausados.

—No tengo ni idea de dónde están los preservativos… —recordó Javier mientras besaba los pezones de David y este se estremecía de gozo.

—Da igual, a pelo —contestó con un suspiro de placer.

Javier le miró asombrado.

—¿No es un poco peligroso? Aunque yo jamás lo he hecho sin…

—Yo sí, pero solo con Sonia y ambos nos fuimos fieles, además de no haber estado antes con nadie.

—¡Cómo me pone esto! —Sacó fuerzas de la nada y se acomodó entre las piernas de David para hundir allí la cabeza, devorando sus muslos, sus testículos, su pene erecto y la entrada al paraíso.

David sonrió complacido, mirando al techo y con cara de tonto. Enredó los dedos entre los cabellos de Javier y se dejó hacer emitiendo suspiros de complacencia. Las sensaciones eran tan placenteras, tan distintas a las que tuvo con sus anteriores parejas, que supo con total seguridad que estaba con la persona indicada a todos los niveles.

Javier lo tocó con devoción, como quién sabe que tiene un tesoro entre las manos, único e irrepetible. Se acomodó sobre su cuerpo y lo abrazó contra sí, recibiendo el mismo tipo de afecto.

Se miraron con expresiones enamoradas antes de darse besos repletos de cariño y deseo el uno por el otro.

Javier se guio con la mano para poder meterse en David poco a poco, intentando no ser brusco. Los gemidos de este le indicaron que iba bien hasta que se acoplaron a la perfección.

El pelirrojo se agarró al cuerpo de su pareja, con piernas y brazos, y gimió al sentirle dentro, bombeando de forma rítmica y muy certera.

—J-Javier… Me encanta. Qué caliente estás… —respiró con agitación.

—Tú me pones así, mi vida, solo tú. Te siento tanto…

Se besaron de nuevo y el hombretón aumentó la cadencia de las embestidas, sobre todo siguiendo las súplicas y peticiones de David. Su chico estaba a punto de llegar al orgasmo. Lo sintió tensarse entre los brazos y levantar las caderas apretando las nalgas y emitiendo un estertor de puro gozo.

Javier no pudo aguantar, ni lo quiso, eyaculando con gran placer.

Se quedaron en aquella postura intentando recuperar la respiración.

—Corto pero intenso —susurró Javier acariciándole el cabello a David. Luego salió de él con mucho cuidado y se recostó a su lado, suspirando de cansancio.

—Voy por toallitas, no te muevas —le dijo David dándole un beso en la mejilla.

Se aseó en el baño y luego volvió a la cama para limpiar a Javier, que estaba medio dormido ya de puro cansancio.

—Mañana me ducho, no puedo con mi alma… —se le escuchó decir en un susurro casi inaudible.

David se tumbó desnudo a su lado, le tapó con la sábana, apagó la luz de la lamparilla y se apretujó contra él.

—Descansa, mi amor.

—Sí… Tú también…

El pelirrojo sonrió de pura felicidad y dejó que esta lo arropara.

○ ∵ ○

A la mañana siguiente, pasadas las doce del mediodía, David se despertó bastante descansado. Javier no estaba en el lecho, aunque lo escuchó trastear en el baño.

Se acercó aún con los ojos legañosos y lo pilló acabando de afeitarse la barba entera.

—He usado tu maquinilla eléctrica. Tenía mucho pelo. ¿Qué tal estoy así? —preguntó sonriendo.

David se despabiló de golpe y porrazo, miró los restos de vello facial sobre el lavamanos y luego de nuevo a Javier, incrédulo.

—No me puedo creer que seas más guapo que antes —atinó a decir.

Javier abrazó a David y posó una mejilla sobre la suya.

—No quería rozarte la piel, la tienes súper sensible. Así estaré suavito para ti.

—¿Lo has hecho por eso? ¿Por qué eres tan considerado siempre?

—Porque te quiero. Mira que haces preguntas tontas —le respondió depositando un beso sobre la punta de su nariz—. Deberías ducharte, ven… Yo ya lo he hecho, para poder afeitarme mejor —aclaró.

Le preparó el agua a una temperatura óptima y esperó a que terminase de asearse, le puso por encima la toalla y lo secó mientras aprovechaba para besar las distintas partes de su cuerpo, haciéndole cosquillas.

—¡Para! —pidió entre risas.

—No quiero. —Mordisqueó su cuello y besó su nuez.

Después acompañó a David hasta el cuarto y le observó vestirse con una sonrisa tonta en la boca.

—Que me mire un tío bueno, apoyado en la puerta de mi habitación, solo con los calzoncillos puestos… La verdad es que me pone nervioso… —reconoció David.

—Que te mire tu tío bueno particular —corrigió—. ¿Desayunamos? Lo he dejado todo preparado en la cocina.

—Qué detallista. —Se acercó a él y se puso de puntillas para poder besarlo bien, asiendo sus mandíbulas rasuradas y suaves, sintiendo sus besos y sus brazos alrededor—. Vístete y te espero.

No tardaron en sentarse a la mesa y comer con avidez lo que Javier había preparado: unas tostas con tomate, zumo, cruasanes y café con leche.

—Antes de ducharme he bajado un momento a la cafetería de la esquina y he comprado cruasanes porque sé que te gustan. Estabas muy dormido, pobrecito.

—Qué bueno eres… —Estiró el brazo para asir la mano de Javier.

—Tú me haces ser mejor persona. Siempre te he cuidado y seguiré haciéndolo… —sonó muy enamorado.

Desayunaron juntos hasta saciarse. Después sacaron todo lo que tenían en las maletas, pusieron a lavar la ropa y ordenaron las figuritas, muñecos, peluches y cómics que habían comprado.

—Javier, ¿estás seguro de querer mudarte conmigo? Me temo que poco sitio puedo cederte en el despacho.

—¿Tú quieres que venga con los gatos? ¿De verdad? —David afirmó con la cabeza—. Entonces nos apañaremos, no te preocupes. De todas formas, esta casa pasará a ser la nueva propiedad de esos bichitos del averno y nosotros sus sirvientes.

—¡Qué exagerado! —Se echó a reír.

—Sin que te percates siquiera, estarás subyugado, pisoteado y esa cama será de su absoluta propiedad, además de tu teclado, por no hablar de tu persona. Ah, y eso sin contar las bolas de pelo y los vómitos por exceso de gula. El que avisa no es traidor. —Hizo un gesto significativo levantando ambas manos.

—Valdrá la pena, ya no me pasaré solo casi todo el día... Estaremos los dos juntos con esos bichitos del averno... —Se acercó a Javier y le rodeó la cintura, apoyando la cabeza sobre su ancho y cómodo pecho.

—Chiquitín, ni te imaginas lo mucho que te quiero. Si alguien me hubiera dicho, hace diez días, que hoy estaríamos juntos, me habría reído en su cara.

—Dímelo a mí... Pero tengo que reconocer que estoy muy moñas y he ganado con el cambio a todos los niveles de una relación.

Se regalaron más besos y risas.

—Tengo sueño. Ha de ser el *jet lag*. Ojo, cómo pega a la vuelta. —Javier se llevó las manos a la cara para poder frotar sus párpados.

—Vete a la cama, Javier. Yo seguiré arreglando esto, editaré un pequeño vídeo anunciando el próximo programa sobre Japón y haré un breve directo.

—Vale, *cari*.

Tras dejar a Javier dormitando con tranquilidad, David se sentó en su silla de *gamer*, encendió el potente ordenador y pasó todos los datos del portátil y del móvil a este.

Se quedó pensativo, intentando dilucidar cómo iba a salir del armario delante de todos sus seguidores. Entre 2 millones de personas era imposible agradar a todo el mundo y los *haters* brotarían de debajo de las piedras.

Una persona PAS[38] como él iba a sufrir y era consciente de ello. Que le criticaran porque un juego le gustase le daba lo mismo, pero no llevaba bien los ataques gratuitos hacia su persona.

Pese a ello se armó de valor porque tenía durmiendo en la habitación de al lado a su mejor amigo, a su pareja, a la persona que más lo amaba.

O al menos intentó aferrarse a ello para dar el paso definitivo. No iba a contar que tenía novio así sin más, o que era bisexual. Pero debía hallar la forma de que acabara saliendo a la luz como algo natural, igual que cuando empezó su relación con Vanesa. No había diferencias, eran los demás quienes las veían.

○ ∵ ○

Pasaron varios días un tanto extraños, entre idílicos y somnolientos. El *jet lag* pegó con fuerza, sobre todo a Javier ya que David estaba más acostumbrado a trasnochar trabajando o probando juegos.

Para este fue el momento de volver a la rutina diaria de preparar la semana de trabajo, retomando de esta forma las redes sociales, subiendo el contenido creado y editando el vídeo especial sobre Japón.

---

[38] Persona altamente sensible

David estaba sentado en su silla cuando le salió en YouTube la nueva actualización de Vanesa, con un vídeo dedicado a «Cómo maquillarse para volver al mercado tras una ruptura», lo cual fue muy significativo.

—Hasta de esto sacas contenido que monetizar… —susurró riéndose.

Cuando conoció a Vanesa ya tenía muchos seguidores, pero no era tan superficial ni estaba absorbida por las opiniones ajenas. Cuando los *haters* comentaban la terrible pareja que hacían, poniéndola a ella de diosa, y que debería estar con un tío más alto, más guapo y más *cool*, ella se hacía la tonta. Pero la realidad había sido otra: por dentro, Vanesa también estaba de acuerdo.

Le importaba un bledo, que hiciera lo que gustara. El que más había ganado con el cambio era él, porque Javier se desvivía por conseguir que estuviera bien, tranquilo y le quedara claro que era deseado y querido.

—Hola. ¿Buenos días? —lo saludó Javier mientras entraba en el despacho frotándose ambos ojos.

—Es la una de la tarde, no sé yo… —respondió con una sonrisa en los labios mientras se quitaba los cascos.

El hombretón se inclinó para darle un beso de lo más dulce. Luego miró a la pantalla y frunció el ceño al ver a Vanesa maquillándose.

Se puso tenso y se apartó de David, celoso.

—No es lo que parece, solo he entrado por el título del vídeo, que es...

Pero Javier se dio la vuelta evidentemente molesto y salió de la estancia para encerrarse en el baño, dejando al hombre con la palabra en la boca.

David se levantó y tocó a la puerta, mientras escuchaba el agua de la ducha correr. ¿Por qué un hombre como Javier aún dudaba?

—Javier… ¡Javier! —insistió hasta que dejó de escuchar el agua y este abrió la puerta con una toalla alrededor de la cintura y otra envuelta en la cabeza.

El hombretón salió sin mirarlo y se vistió de forma brusca con un evidente enfado a cuestas.

—Creo que debería irme esta tarde a Gandía —anunció a bocajarro mientras se ponía las botas.

David sintió por dentro un escalofrío y una angustia que jamás había experimentado antes. Se quedó sin aire, con la garganta cerrada sin ser capaz de emitir ni un solo sonido.

Javier le vio la expresión aterrorizada y relajó el enfado al percatarse de que se había excedido con el cabreo.

—¿Por qué estabas mirando el video de tu ex? —inquirió, aún con un tono tenso en la voz. Por dentro le ardían las entrañas.

—Porque el vídeo era sobre cómo maquillarse tras una ruptura y… es su forma de decir que vuelve a la soltería… Nada más —fue capaz de responder en un hilo de voz.

Javier lo miró desde la cama, sentado. Se puso en pie mientras se quitaba la toalla de la cabeza y volvía al baño para peinarse el largo cabello. Luego apoyó las manos en el lavabo y estuvo pensando.

—¿Eres consciente? —dijo en un susurro.

—¿De qué, Javier? Ya te he dicho que no es lo que parece. No la echo de menos, ni nada similar. Ni siquiera vivíamos juntos —se explicó lo mejor que pudo.

—De que sigo sin creerme del todo que me quieras como afirmas. Pero sé que no es culpa tuya —continuó hablando—. En mi vida me había sentido tan vulnerable en una relación. ¿Esto es el amor? Supongo que también lo es: padecer un miedo atroz a perder a quien amas, que ya no te quiera, que te cambie por otra persona…

David le obligó a darse la vuelta hacia él para poder abrazarlo con todas sus fuerzas y Javier le devolvió en gesto con igual ímpetu.

—El afecto que tú me das, la forma en la que me lo demuestras, lo mucho que me cuidas y piensas en mí, lo bonito que fue cómo te declaraste, la manera en la que me haces el amor… Todo eso no lo cambio por nadie, ni por nada. Eres mío, para mí. Por favor, no te vayas hoy, quédate conmigo una noche más al menos —suplicó con sentimiento y una voz quebrada.

—Perdóname, por favor. Han sido tantos años colado por ti, sin tener esperanza alguna, que ahora dudo de todo. Y no es justo para ti, porque sé que me correspondes. Me quedaré una noche más, y otra, y todas…

David alzó el rostro y se maravilló de lo guapo que le parecía aquel hombre, incluso más si cabía cuando dejaba su vulnerabilidad a la vista.

—Solo quiero que te quedes hoy, que viajes a casa mañana, o pasado si quieres y que, cuando vuelvas, ya no te vayas más que de visita a Gandía a ver a tu familia y amigos. Te prometo que no veré más vídeos de Vanesa, no sufras por eso. Solo fue insana curiosidad…

—Mira lo que te dé la gana. He tenido un comportamiento muy tóxico, yo no soy así. Pero si te da por poner porno, espera a que lo veamos juntos —bromeó al final.

—Ya tengo el mejor porno en casa, para qué quiero más...

Javier lo levantó por debajo del trasero y lo echó sobre la cama, abalanzándose sobre él y arrancándole la camiseta de un tirón para luego comérselo a besos.

—Me he despertado canino, hambriento, famélico. Y tú estás delicioso, sabes demasiado bien, hueles de maravilla y te encanta que devore todo tu ser.

David, ya completamente tranquilo, se echó a reír dejando que Javier se diera un buen festín con él mientras se escuchaba de fondo a Vanesa explicando varias técnicas de maquillaje para salir de fiesta y ligarse a cualquiera que se propusiera.

o ∵ o

Dos días después, David y Javier caminaron de la mano hasta el coche de este último, guardaron las cosas en el maletero y se abrazaron con fuerza, besándose en la boca varias veces antes de despedirse.

—No quiero separarme de ti… —ronroneó Javier dándole besos en las mejillas.

—Tus gatitos te echan de menos.

—Perla me bufará cuando me vea, porque odia que la deje con mis padres, Alma vendrá a saludarme como una loca y Dav arqueará el lomito para que le dé mimos. Mis bebitos… —gimoteó.

—¿Lo ves? Tú también los echas de menos. Así que arregla todo lo que tengas que poner el orden y os venís.

—¿Y me llevarás al *izakaya* a comer más *ramen*? Tengo morriña de zampar comida japonesa.

—Lo que no tienes es remedio.

—Y postre… —susurró sobre su oído, ladino—. Mi preferido.

—De eso todo el que te dé la gana, cariño mío.

David le acarició el rostro rasurado y le ofreció un último beso de despedida.

Después Javier se fue y el pelirrojo observó el coche girar a la derecha en la esquina.

Caminó de vuelta a casa, subió y la notó vacía al entrar.

Se encontró los manga que había comprado Javier en Japón y eso le hizo sentir tranquilidad. Él no abandonaría sus cómics cochinos si no pensara en volver.

Después de eso se sentó en su silla *gamer* y encendió el ordenador.

Suspiró con un poco de ansiedad debido a lo que tenía pensado añadir al vídeo sobre Japón que publicaría esa misma semana. Pero necesitaba que Javier no estuviera presente para poder grabarse y el delicado momento había llegado.

Colocó bien la cámara y el micrófono, aspiró aire y lo expulsó para rebajar el nivel de congoja. Puso en marcha la grabación aunque al principio no dijo nada; ya lo editaría a posteriori. Se armó de valor y comenzó.

-Capítulo 8-

Javier no tardó mucho en empaquetar sus cosas. Pensaba enviarlas por paquetería especial. Lo que pudiese necesitar de mobiliario ya lo compraría en Madrid. Por lo demás, todo cabría en su Ford Focus, gatos histéricos incluidos.

Aquella noche, tres días tras volver de la capital española, fue a cenar a casa de sus padres. También era hijo único como David, así que solo estuvieron ellos y los tres gatos, a los que prefirió no marear tanto y llevarse desde allí directamente cuando llegase el día de la mudanza

—Entonces… ¿Os parece sensato? —les pidió opinión a sus padres.

—Tienes 28 años y eres un hombre hecho y derecho. Lárgate ya de nuestro chalet —le respondió su padre con expresión muy seria al principio. Luego se echaron a reír todos.

—Busca trabajo en un Do Yang de Madrid, céntrate más en tu carrera como deportista profesional de taekwondo. Estás más que capacitado para participar en los Juegos Olímpicos de París 2024 y seguir por ese camino que ya has iniciado ganando una medalla en el mundial de México del año pasado —le aconsejó su madre.

—Sí, yo también lo he meditado mucho. David opina que puedo clasificarme para los Juegos… Tengo que retomar los entrenamientos. Ah, os he traído regalos —cambió de tema.

Javier se levantó de la silla un momento y les entregó sendas bolsas.

Isabel sacó una cajita y al ver lo que había en su interior abrió mucho los ojos. Extrajo la delicada tetera hecha de forma tradicional, del color de la arcilla cocida y muy delicada.

—¿Pero se puede usar de verdad?

—Claro, mami. Y si te da apuro, la dejas como pieza decorativa. Abre tu regalo, papá —le apremió, nervioso.

—A ver… —Su caja contenía el juego de pinceles y tinta para caligrafía japonesa que adquirió Javier en el museo.

—Qué preciosidad… Tendré que aprender a dibujar como los japoneses —afirmó Francisco, que tenía la afición de pintar cuadros al óleo, sobre todo del mar, a lo Sorolla.

—Aparte de lo de David, ¿lo has pasado bien en Japón? —indagó su madre—. Casi no diste señales de vida, tenía que mirar tu Instagram para enterarme y ver las fotos. ¡Qué bonitos son los templos!

—Ha sido el mejor viaje de mi vida —respondió con cara de besugo—. Cuando volvamos iremos mínimo dos semanas.

—¿Otra vez? Vaya par de frikis —contestó su padre mientras comenzaba a cenar de picoteo.

—¡Sí! Japón es adictivo y hay tantas cosas por ver…

Perla se subió de pronto sobre el regazo de Javier, a ver si rapiñaba alguna loncha de jamón serrano. Fue expulsada y se quejó como de costumbre.

—Primero me bufa y luego tiene la desvergüenza de intentar birlarme la cena. La que te espera, Perlinchi: horas de viaje y un lugar nuevo que conquistar.

Dav y Alma los observaron desde el sofá, repantingados como si aquello también fuera de su propiedad. Perla se acomodó a su lado.

—¿Y todo bien con David? Es tan lindo… —Isabel le cogió la mano a su hijo mientras Francisco daba buena cuenta de las croquetas de jamón.

Su hijo les había dicho, al cumplir la mayoría de edad, que era gay. De aquello hacía ya diez largos años. Al principio fue chocante, pero tampoco lo consideraron nada parecido al fin del mundo. Varios novietes después, por fin les dio la buena noticia de que estaba con David de forma seria. Y David era un chico al que querían mucho y del que conservaban muy buenos recuerdos.

—Me ha gustado siempre… —manifestó Javier, emocionado—. Nunca creí posible que me fuera a corresponder.

—Ojalá funcione, cariño —declaró Isabel mientras su marido se zampaba la tercera croqueta y ya cogía la cuarta.

Sin duda, el chico había salido a él y tenían ambos buen saque a la hora de comer.

De pronto sonó el móvil de Javier y este comprobó que era su amigo Lluís. Lo cogió con extrañeza pues no solían hablar por teléfono, sino por mensaje o en persona.

—¡Javi! ¿Has visto lo que ha subido David a su canal? —dijo en tono alterado.

—No, es que tengo una cena familiar. ¿Te refieres a lo de Japón? Iba a verlo luego en casa mientras lo comentaba con él…

—Es que ha salido del armario —le informó Lluís—. Y se ha armado una buena con los comentarios en Twitter y YouTube.

Javier arqueó las cejas, estupefacto. ¿Por qué David se lo había callado?

—¿Qué tipo de comentarios? —inquirió con preocupación.

—Pues ya te puedes imaginar, Javi… Noventa por ciento *haters*. Lo están machacando pero bien, aunque hay gente que lo defiende.

—Vale, Lluís, gracias por avisarme. Voy a ver el vídeo.

Francisco e Isabel lo escucharon todo con expresión de alarma.

Los tres se sentaron en el sofá tras echar a los gatos y visionaron en una Tablet lo que había publicado David. Al principio todo era normal y estuvo explicando lo que había hecho en Japón, especialmente las partes que interesaban a sus seguidores: videojuegos, consolas retro, vídeos e imágenes de todos los lugares, como Akihabara o el Pokémon Center, entre otras muchas cosas, situaciones vividas, curiosidades y manías de los japoneses. Como de costumbre, su montaje fue impecable y también su dicción y entusiasmo. Pero, en los últimos diez minutos del vídeo, David se puso más serio y dijo que, efectivamente, él y Vanesa ya no estaban juntos y que por eso la *influencer* del maquillaje no había viajado a Japón.

Lo fuerte vino después al ponerse a hablar de Javier, por lo que el susodicho prestó mucha atención a sus palabras:

«—Todos habéis visto que Javier sale en algunos de los vídeos y fue el que me ayudó a grabar y a tomar imágenes de todo lo que os he mostrado. Sin él no habría podido hacer bien las cosas. Gracias a mi amigo tenéis este programa, pues yo no estaba en buenas condiciones tras una ruptura sentimental, aunque Vanesa y yo no estuviéramos bien. ¿Por qué os cuento todo esto? Porque Javier y yo nos conocemos desde hace 20 años y es la persona que más me importa del mundo. El que quiera entender, que entienda a qué me refiero. Y el que no yo se lo explico: Javier no solo es mi mejor amigo, sino que también ha nacido entre nosotros un afecto mucho más intenso. Así que sí, estoy saliendo del armario. A nadie debería importarle que sea bisexual, ni mi vida privada, pero siento que se lo debo por todo lo que me quiere, por lo mucho que me ha demostrado que está ahí para mí. Javier, yo también te quiero, ya lo sabes».

Luego había hecho una pausa pues se le habían llenado los ojos de lágrimas. Poco después continuó un poco más:

«—Sé que voy a perder seguidores, que me llamaréis de todo. Y sí, me importará porque soy una persona muy sensible… Pero aunque me hundáis las cuentas, aunque Davigamer desaparezca porque no soportéis que mi pareja sea un hombre, habrá valido la pena con tal de poder vivir como yo quiera y con quien yo quiera. Y dicho esto, gracias a los que decidáis quedaros. A los que no, *sayônara*[39], podéis desapuntaros aquí abajo».

Después de eso terminó el vídeo con algunas imágenes de la playa donde se habían declarado.

Javier se quedó atónito. Nunca pensó que David fuese a hacer algo así. Le acaba de demostrar lo muy en serio que iba, lo muchísimo que lo amaba.

---

[39] Adiós, pero para siempre

Pero las consecuencias estaban siendo devastadoras. Leyó en los comentarios de diversas redes sociales, con el *hashtag* [40] #davigamermaricon, advertencias y adjetivos peyorativos como: maricón, bujarra, muerte a ese marica, pervertido, enfermo, afeminado, que te peguen un tiro por el culo como a Lorca, enfermo, desviado, pederasta y un largo etcétera de barbaridades que ya no deberían darse en una sociedad como España en la que el matrimonio homosexual existía desde 2005.

Lamentablemente, si eras un *gamer* de la comunidad *queer*, o una mujer que jugaba a videojuegos, los *trolls* y *haters* hacían todo lo posible por joderte a niveles estratosféricos porque era un mundillo muy tóxico.

Y, pese a toda la valentía que pudiese tener un hombre adulto como David, también era una persona altamente sensible y que sufría de depresión crónica. Cualquier barbaridad de aquel tipo le afectaría, sin lugar a dudas, de un modo terrible.

Así que Javier se puso en pie y lo llamó de inmediato, nervioso.

David se lo cogió al cuarto tono y ya en su voz se pudo notar lo quebrado que estaba.

—Hola, cariño mío… —susurró el pelirrojo al otro lado de la línea.

—He visto… He visto el vídeo… —Tragó saliva con afectación.

—Quería darte una sorpresa —intentó parecer animado al hablar, pero a Javier no lo engañó en absoluto.

—Davi… También he leído los comentarios…

—Ya… —David se echó a llorar—. No pasa nada, ya me lo esperaba.

—¿Estás solo en casa? ¿Has llamado a tu madre? —Javier intentó mantener la calma.

—Estoy solo y no la he llamado —aseveró.

—Vale, cariño… Vamos a hacer una cosa: la vas a llamar ahora, para que te acompañe esta noche. Mientras llega charlaremos por teléfono o chat, como te sientas más cómodo… ¿Qué te parece? —preguntó con entereza, aguantando el tipo. Hubo un silencio al otro lado y luego sollozos. Fueron tan desgarradores que Javier quiso gritar de desazón. —Cariño, cariño… No pasa nada. Esa gente no vale una puta mierda, son tóxicos, no les hagas caso.

—Lo sé, pero han dicho cosas muy fuertes… Yo no soy un pederasta, jamás le haría algo semejante a nadie, niño o adulto… O pensar en que alguien me va a pegar un tiro por la calle...

—Son malas personas y unos bocas. Nadie hará eso, nadie. ¿Entiendes? Se esconden tras seudónimos y amenazan para joder. Tienes que denunciar en comisaría a cualquier usuario que haya hecho un comentario amenazante.

---

[40] Conjunto de caracteres precedidos por una almohadilla (#) que sirve para identificar o etiquetar un mensaje

—No tengo ganas ahora. No sé ni cómo se me ha ocurrido creer que no sería para tanto… —Sollozó largo rato y tanto Javier como sus padres se quedaron esperando con el corazón en un puño.

—Llama a Tere —le pidió de forma un poco más tajante.

—Se ha ido a Asturias con su pareja. No la pienso molestar.

—Mierda —masculló Javier dando vueltas por el salón—. Pues a algunos de tus amigos.

—No, no quiero amargarles la noche —se negó de forma categórica—. Puedo soportarlo solo.

—De acuerdo, mi amor. Pues hablemos nosotros, toda la noche. Pronto iré. Te quiero muchísimo.

—Lo sé, Javier. Por eso he hecho todo esto, porque yo también te quiero mucho. Era mi regalo para ti, pero no pensé que fuese a torcerse tanto. Estoy un poco cansado, debería irme a la cama y dormir… Hablaremos por la mañana —propuso.

—De acuerdo, Davi. Ve a dormir y ni se te ocurra mirar las redes sociales. ¿Me lo prometes? —Tuvo que ceder muy a su pesar.

—Te lo prometo… —contestó intentando parecer convincente.

—Buenas noches, mi amor. Mis padres y los gatitos te mandan besos.

—Y yo a ellos. Buenas noches.

Después de eso colgó, dejando a Javier blanco como el papel e impotente al estar tan lejos.

La última vez que David había estado en esas circunstancias, durante la pandemia, había hecho algo muy grave cuando su primera ex le dejó por teléfono.

Su madre llamó a emergencias al no poder salir de casa por el estado de alarma, y al conseguir abrir el piso donde vivía David de alquiler, gracias a la casera, se lo encontraron inconsciente por el efecto de una sobredosis de pastillas. Le lavaron el estómago y evitaron que se suicidase, aunque lo tuvieron en el área psiquiátrica cerca de una semana, hasta que mejoró.

En aquella ocasión, Javier lo pasó jodidamente mal al enterarse. Desde ese momento habló con David casi todos los días sin falta y reforzaron una amistad que, por las circunstancias de cada uno, y la dichosa pandemia, se había perdido un poco.

—Javi —lo llamó su padre—. Coge el coche y vete a Madrid ahora.

—Sí, sí. Es lo que voy a hacer.

Javier los abrazó, se puso la chaqueta y no perdió más el tiempo: tenía 4 horas de viaje por delante.

o ·. o

David se quedó en el sofá, sollozando a lágrima viva. Dejó que el móvil se le cayese al suelo e intentó serenarse haciendo varios ejercicios de respiración y depositando dos Lorazepam, de 2 mg cada uno, bajo la lengua. Sabía que se estaba exponiendo a una sobredosificación, pero no era nada comparado con el cóctel de psicotrópicos legales que ingirió años antes al verse solo y abandonado durante el confinamiento.

Estaba padeciendo mucho más de lo esperado, y el dolor era insoportable. Así que intentó ignorar el intrusivo pensamiento de aliviar ese desconsuelo de la única forma en la que se podía, que era acabando con todo.

Pero poseía un ancla muy fuerte a la que aferrarse y ese era Javier, también su madre era otra de esas áncoras imaginarias. Ellos le querían con todo su corazón. No deseaba volver a ver a su madre sollozar, como cuando le permitieron verlo en el área de psiquiatría, a través de un cristal debido al Coronavirus, y como forma excepcional.

Asimismo le dolía imaginar la terrible consternación de Javier si él desaparecía de su vida después de 20 años.

—Sé fuerte, David —se dijo—. Sé fuerte por ellos, porque la vida vale la pena, vale la pena…

Así que soportó la grave ansiedad, la angustia y el intenso dolor interior con toda la entereza de la que fue capaz hasta que la medicación le hizo un poco de efecto y se fue durmiendo sobre el sofá con una camiseta sucia de Javier que desprendía su aroma, una mezcla de sudor y *after shave,* pegada a su rostro.

o ⋅ ⋅ o

Sobre las dos de la mañana, Javier entró por la puerta del apartamento de David y se lo encontró tendido encima del sofá, derrengado y sin moverse. Se le heló la sangre al ver las pastillas sobre la mesita de centro.

Corrió hacia él y lo abrazó con cuidado. David se despertó aturdido y algo asustado. Sin embargo, en cuanto reconoció a Javier volvió a relajarse.

—¿Qué te has tomado? —preguntó el hombretón, muy nervioso.

—Dos Lorazepam para poder dormir…

Javier lo comprobó y sí, la mayoría de las pastillas seguían en sus blísteres. Eso le hizo respirar tranquilo.

—No sabes lo mucho que he corrido con el coche hasta aquí para poder llegar antes. Dios mío —susurró mientras lo estrechaba contra sí con todas sus fuerzas.

David se echó a llorar como un niño pequeño, expulsando toda la angustia, entre incrédulo por la presencia de Javier y a un tiempo aliviado.

—Perdóname, te he preocupado demasiado, no te lo he puesto fácil, nada fácil… —David le acarició el rostro y el pelo, recibiendo besos continuos de Javier.

—No importa, da igual. Solo quiero que te encuentres bien. Ahora estamos aquí juntos otra vez. Yo te protegeré de todo. ¿Vamos a Urgencias? —propuso.

—No vale la pena, me darán algún ansiolítico y ya está. —De nuevo estrechó contra sí a su novio.

Este lo cogió en brazos y lo trasladó a la cama, le despojó de los pantalones para que estuviera más cómodo, se desvistió y se tumbó a su lado, tomándolo por la cintura y acariciándolo.

—Yo seré tu ansiolítico particular —musitó depositando los labios sobre su frente.

David se estremeció y buscó entrelazar las piernas con las suyas. Aquella noche hacía calor, pero no les importó pegarse como lapas, besándose con dulzura.

—Tengo que aprender a gestionar este tipo de cosas —declaró David—. O no podré vivir en paz durante toda mi vida.

—Estaré contigo y te ayudaré en todo lo que pueda —aseveró.

—Tengo tanta suerte contigo… Tanta…

—El que tiene suerte soy yo, cariño.

Estuvieron en silencio un rato escuchando los sonidos de la noche, David semidormido y Javier aguantando para mantenerse sereno a pesar del cansancio tras un viaje tan tenso y saltándose los límites de velocidad por la A3. Seguramente le llegaría alguna que otra multa de tráfico.

—Eres mi ancla, la más fuerte que he conocido —susurró David.

—¿Hablas de forma metafórica? ¿Psicológicamente?

—Sí. Yo me aferro a ti para que el barco no zozobre.

—Para eso la cadena también ha de ser muy fuerte. Alguien débil no podría, y tú eres muy tenaz.

—He trabajado mucho en ello, en forjarla…

—¿Lo ves? Teníamos que estar juntos ahora, justo en este momento de nuestras vidas, ni más ni menos, aunque ya te habría desvirgado a los 16, perdóname por ser tan franco. Qué mono eras… —quiso bromear para que se riera y lo consiguió.

—Pues no sé cómo, no teníamos ni idea de nada, ni un lugar donde hacerlo… —Se sonrió.

—Te habría hecho el amor, muy mal, pero te lo habría hecho. En la playa, de noche, escondidos… —susurró sobre su oreja caliente—. Desastre total y picores por todas partes. Ideal, ¿no crees?

—Qué idiota, habría sido maravilloso, picores inclusive.

—Pero no tan caliente como en el hotel de Tokio. Joder, eso fue brutal.

Se quedaron callados unos segundos.

—Te has puesto cachondísimo, tonto —dijo David antes de atrapar sus labios y apretarle una nalga con fuerza.

—¿Quieres que te quite la depresión a base de darte como cajón que no cierra? Es un tratamiento especializado que solo yo puedo adminístrate por vía ana…

—¡Javier! —Le tapó la boca sin poder parar de reírse hasta que le salieron lágrimas que se convirtieron en sollozos de nuevo—. Hazme el amor, házmelo… Te quiero muchísimo. No me importa una mierda nada más, que les den a toda esa gentuza. Solo quiero estar contigo y construir una vida juntos.

—Y yo. Y ahora voy a aplicar la curación prometida sin más dilación…

Miró a David con gesto pícaro antes de sanarle todos los males.

o ⋅ ⋅ o

Para alejar al hombre de toda la peste que emanaban las redes sociales, la toxicidad y los malditos *haters*, Javier le propuso que se fuera con él unos días a Gandía.

Antes de eso quedaron con Tere, que había vuelto de Asturias al enterarse de cómo habían ido a por su hijo.

—¡Es que no tienen vergüenza! ¡Delitos de odio! Habría que denunciarlos a todos —exclamó indignada cuando fue a casa de David.

—Mamá, no sirve de nada —suspiró el joven—. Me temo que está a la orden del día, pero no me había pasado nunca algo semejante.

Estaban los tres sentados alrededor de la mesa, tomando una infusión.

De pronto, Tere asió la mano de Javier y la apretó con fuerza, demostrando de ese modo lo muy agradecida que estaba por cuidar tanto de su hijo.

—Si es que sois perfectos el uno para el otro. Ay, mis niños, cómo me acuerdo de veros jugando a la consola de turno, verano tras verano. Toda la santa mañana en la playa y toda la santa tarde en el apartamento o en casa de tus padres, Javier. Uña y carne.

—Siempre le he querido mucho… —Este observó a David, que le devolvió una mirada cargada de afecto—. Si se metían con él era yo el que me llevaba las patadas, y de buena gana —aclaró—. Seguiré siendo su parapeto.

—Y tú, cariño, estoy muy orgullosa de ti. Has soportado como un campeón las embestidas, con entereza y aguante. —Tere se dirigió hacia su hijo, lo cogió por el brazo y le dio un buen beso en la mejilla. Luego hizo lo mismo con Javier, que se sintió muy emocionado.

—Tienes prohibido entrar en las redes sociales y leer los mensajes. Aunque quiero que sepas, Davi, que hay gente que te está defendiendo y apoyando a muerte —dijo Javier con una sonrisa en la boca.

—¿De verdad?

—¡Pues claro! Sobre todo las chicas. Y han conseguido cerrar las cuentas de varios *haters*. No todo va a ser malo. Y esta es la única información que te voy a dar al respecto.

—Está bien, creo que es lo mejor. Por cierto, mamá, me iré unos días a casa de Javier.

—Es buena idea: idos a Gandía y desconectad. Dicen que se necesitan vacaciones de las vacaciones, y Japón fue corto pero intenso.

—Y tan intenso —bromeó Javier poniendo cara de pillo.

—¡Tsh! —chistó David dándole un palmetazo en el brazo, avergonzado.

—La playa siempre te ha aireado bien la cabeza, hijo, te ha hecho feliz. Pasadlo bien allí.

David miró a Javier con una sonrisa en su dulce rostro.

—Lo haremos, sí… —susurró.

o ˙·. o

Sobre las cuatro de la tarde del día siguiente llegaron al Grao de Gandía, donde estaba el chalet. A David le vinieron muchos recuerdos a la mente, unos muy bonitos, y eso le hizo emocionarse.

—Mis padres la reformaron con la intención de venderla, pero llegué yo y me acoplé como una garrapata —le explicó Javier al entrar.

De pronto aparecieron tres cabecitas peludas en el salón. Perla bufó tanto a Javier como a David y salió corriendo con la cola muy baja. En cambio, la señorita Alma se paseó en dirección a ambos con la cola muy tiesa y maullando sin parar. Javier le acarició la cabecita con cariño. Luego, la muy zalamera, se frotó en las piernas de David esperando su ración de mimos, unos que este le dio de buena gana. Le pareció una monada.

—Ese capullito que está ahí parado es David, alias Dav.

—Mira que ponerle mi nombre porque es pelirrojo como yo… —dijo de broma mientras dejaba que el gato le oliese la mano para ver si era de fiar o traía comida rica. Al no ver ninguna comida, se fue para jugar con Alma, que ya le estaba atacando la cola.

—Ven, deja las cosas en el cuarto. Era el de mis padres, ¿te acuerdas? Pero es que no quepo en mi antigua cama, como comprenderás.

—El chalet es precioso, siempre me gustó mucho.

Observó su estructura típica valenciana de las casa de playa más antiguas, con las balaustradas de imitación griega de color blanco, los balcones en el segundo piso y esos toldos rayados de dos colores. En la parte trasera se bajaban unas escaleras y allí tenía Javier una mesa y unas sillas de jardín más modernas. Además seguían en pie las palmeras.

Los gatitos se repantingaron al sol, que a esas horas daba justo en esa zona.

—¿Quieres tomar algo? Mi madre nos ha llenado la nevera además de devolvernos a los amos del calabozo estos —dijo señalando a los tres gatos. Perla se había puesto bocarriba, espatarrada, para que le diera bien el sol—. Mira, ya se le ha pasado el cabreo. ¿Qué haces? ¿Poniéndote moreno el chumino? Qué cochina.

David prorrumpió en carcajadas al ver cómo Javier le hablaba a sus gatos mientras se iba a por unas bebidas.

Este último volvió con agua, una cerveza fría y un refresco.

David sintió el sol de primavera en el rostro, la brisa marina con olor a salitre, la presencia de Javier a su lado en silencio. Se sintió extrañamente en paz, feliz. Estaba donde de verdad quería estar, en ninguna otra parte.

—Javier… Has dicho que tus padres querían vender el chalet.

—Sí. Más que nada porque van a la suya, no lo necesitan y siempre viene bien repartir el dinero en vida. Pero no tienen prisa, si es lo que quieres saber.

—¿Y si se la compramos? Vendo el piso de Madrid, pago la hipoteca y, con lo que sobre, pedimos una entre los dos…

Javier lo agarró del brazo, estupefacto.

—¿Lo dices en serio? ¿Te vendrías aquí?

—Tú lo ibas a hacer por mí. Pero me doy cuenta de que mi hogar está donde tú estés. Y pienso que este es más mi hogar que ese piso en Madrid en el que estaba solo. Además… —continuó hablando mientras miraba a los tres mininos—, ellos son felices aquí, al sol, en una casa grande.

A Javier se le llenaron los ojos de lágrimas, le rodeó el cuello con sus fuertes brazos y le plantó un buen beso en los morros.

—Vale, sí… Hablaremos con mis padres. Tengo bastante dinero ahorrado y seguro que nos bajan el precio.

—Ahora seré yo el que tenga que mandar un montón de cajas.

—¡Qué emoción! —dijo Javier, excitado—. ¡Tendremos que comprar una cama más grande! Cinco son multitud —explicó haciendo un gesto hacia aquellos tres bribones que estaban al sol, moviendo la cola como si nada, desparramados por el suelo.

David lo miró con expresión enamorada hasta que Javier le devolvió la mirada y lo besó.

—Lo malo es que aquí no hacen *ramen* en ninguna parte —lloriqueó el hombre.

—El *ramen* te lo haré yo, no te preocupes. Aprenderé porque sé lo mucho que te gusta —le aseguró David mientras sonreía.

Javier suspiró con los ojos cerrados y una sonrisa cómplice, abrazando a David. Luego miró a sus tres bichos del averno y no pudo sentirse más dichoso.

-Capítulo 9-

Aquella semana, antes de volver a Madrid para iniciar todos los trámites de venta del piso y la mudanza, David y Javier quedaron en ir a hablar con Isabel y Francisco para proponerles la compra del chalet mientras comían juntos una *fideuà*[41] de marisco.

Francisco se quedó pensativo en cuanto recibió la propuesta.

—No pretendemos obtener una rebaja sobre el precio que queráis ponerle, solo que nos deis ciertas facilidades para pagar en el caso de que el banco nos dé algunos problemas. Está la cosa complicada en los últimos tiempos con el tema de las hipotecas —explicó su hijo.

—Tú estás tonto, Javi —le respondió el hombre y luego se echó a reír de buena gana—. Claro que os vamos a hacer rebaja. Que el chalet quede en la familia es genial, así podemos ir tu madre y yo y acoplarnos como lapas.

—¡Eso! —añadió Isabel—. Y que se vengan Tere y su pareja. Así estaremos como en los viejos tiempos. Menudas cenas nos montábamos en la parte trasera del chalet. Y vosotros sin parar de dar por saco.

Javier y David se miraron sorprendidos pero muy contentos e ilusionados mientras se cogían de la mano con fuerza.

—¿Qué fue de tu padre, David? —indagó Francisco.

—No sé, hace años que no tengo contacto. En cuanto cumplí 18 años se desentendió y dejó de pagar la pensión. Es algo que me afectó mucho en su día, pero que a estas alturas ya me da igual. Acabó tan mal con mi madre, y esta sufrió tanto, que la que me importa es ella.

—¡Pues claro! Bueno, siempre fue un tipo muy raro. Que se quede en Irlanda —sentenció Francisco—. Por lo demás, ¿cuándo te mudarás? —indagó mirando a David.

—En cuanto arregle todo en Madrid. Pero... —Miró a Javier con cara de imbécil—, se viene conmigo para ayudarme.

—¿Y... lo de las redes sociales? —continuó con las preguntas.

—¡Papá! —le espetó su hijo en tono de reproche.

—No te preocupes, estoy mucho mejor —contestó el pelirrojo apretando la mano de Javier—. Voy a grabar un vídeo en la playa, no muy largo, porque creo que ya es el momento de dar la cara, que me vean entero, feliz y que me importan un bledo los desgraciados que se han pasado tres pueblos conmigo. Además —añadió—, voy a poner en

---

[41] La fideuá es un plato originario de Gandía que se elabora de forma parecida a la paella, aunque basado en fideos en lugar de arroz.

marcha una empresa de servicios web y programación, porque con el tiempo quiero dejar atrás el canal de Davigamer. En el momento en el que pueda vivir de la empresa, cerraré el canal. Por mucho que adore los videojuegos, creo que no es lo que realmente quiero hacer. Deseo trabajar de lo que estudié, porque soy muy bueno en ello.

Javier lo miró muy orgulloso.

—Y tú, Javi —intervino Isabel—. Ya sabes, a entrenar. Quiero ver a mi hijo en los Juegos Olímpicos.

—¡No me presiones, mami! —exclamó haciendo un aspaviento melodramático—. No depende solo de mí.

—Eres joven, si no son estos, serán los siguientes —lo animó David.

Javier le pasó el brazo por el cuello y le dio un beso en los labios, seguido de otro más pequeño.

David se puso bermellón al estar delante de sus suegros besuqueándose con Javier. Pero a estos no les molestó, ni siquiera hicieron comentarios y siguieron comiendo como si tal cosa.

∘ ˙ ∘

Con Lluís quedaron a tomar algo por la tarde, en una heladería de lo más agradable en el centro de Gandía.

Lluís, que estaba al tanto de todo lo que se cocía en las redes sociales, le preguntó a David si podían hablar del tema mientras se tomaban una horchata de chufa y unos helados.

—No creo que sea buena idea —intervino Javier en modo protector.

—No pasa nada, creo que ya puedo enfrentarme a esa parte de toda esta historia. Así que sí, Lluís, adelante —le dio cuerda a este, que era el otro mejor amigo de su pareja y al que también conocía desde que eran niños.

—Tu ex novia ha subido esta mañana un vídeo como respuesta a lo que ha pasado.

Tanto Javier como David pestañearon incrédulos y se miraron sin saber cómo reaccionar después.

—Monetiza todo —acabó por expresar David, molesto.

—No, no. Esta vez se ha portado. Mirad… —Buscó el vídeo y les pasó su móvil, el cual observaron con mucha atención.

Vanesa apareció con la cara lavada y comenzó a maquillarse mientras hablaba:

«—Para empezar, quiero dejar muy claro que fui yo la que decidí no viajar a Japón con David, porque consideré que no había forma de salvar la relación. Lo hice bastante mal, para qué negarlo. Todos nos equivocamos y yo lo reconozco. Así que perdóname, David, fui muy insensible y egoísta. Quiero que todo el mundo sepa que me alegro mucho por él, y de que haya encontrado un novio que además sea su mejor amigo de toda la vida. Y de paso deciros a todos los *haters* y homofóbicos, que sois basura, porque David es una bellísima persona que está más allá del ego que tienen un montón de supuestos compañeros de profesión. Espero que esto sirva para que muchas personas, de todo género y condición sexual, tengan más representación en las redes sociales. David ha demostrado mucha entereza al salir del armario. Todos los demás sois unos payasos, para que lo sepáis. David, sé feliz».

Dicho esto terminó su discurso y el maquillaje rápido y sencillo que había mostrado.

—Estoy impresionado —atinó a declarar David—. Supongo que… Tendré que agradecérselo —añadió mirando a Javier, que le hizo un gesto de asentimiento que no tenía nada que ver con dar permiso, solo con estar de acuerdo.

—Entonces ahora que está soltera, me la podrías presentar —dijo Lluís partiéndose de risa.

—No sé si te lo recomiendo —respondió David—. Es muy caprichosa.

—Bueno, nadie es perfecto. Por lo demás, me alegro mucho por vosotros. —Le dio un manotazo al brazo de Javier—. Pobrecito mío, que siempre me decía: «Ay, si David estuviera soltero…». Y luego no se atrevía a nada el muy idiota.

Javier le devolvió el palmetazo con fuerza y cara de mala leche.

David se sonrojó sin decir nada, sorbiendo la horchata a través de la pajita.

—No se dieron las circunstancias adecuadas. O estudiábamos, o él tenía pareja. La pandemia tampoco ayudó —explicó Javier.

—Tú también tuviste novietes —intervino David.

—Bah, conque me hubieses guiñado un ojo me habría tirado a tus pies sin dudar dejándolos a todos de inmediato.

—Tengo que comprarte una correa, sí —le recordó David mirándolo con una sonrisa cuca.

—¡Ojo con el David! Te tiene dominado —se burló Lluís—. ¿Quién es el activo?

—¡A ti qué te importa, tío! —le espetó Javier.

—Puro cotilleo. Ya me conoces —dijo tras acabarse su helado de leche merengada—. Bueno, me tengo que ir, que he quedado con estos —informó refiriéndose al resto del grupo de amigos y amigas de Javier—. ¿Os venís?

—Gracias, pero tenemos otros planes. Tras la mudanza ya haremos una fiesta en el chalet.

—Ha sido genial verte por aquí de nuevo, David. —Se dieron un abrazo—. Tenemos pendiente unas partidas al *It Takes Two,* que sé que te encanta y a mí también.

—¡Eso está hecho! —contestó con verdadero entusiasmo.

Lo despidieron a la salida de la heladería y se fueron caminando de la mano. De hecho, se detuvieron en varias ocasiones porque mucha gente conocía a Javier de toda la vida.

David se sorprendió de que nadie los mirara mal o juzgase por ir de la mano, o que Javier lo presentara como su novio. Luego recordó que él no había escondido sus gustos sexuales desde que cumplió la mayoría de edad, así que los vecinos lo tenían normalizado.

—¿Qué planes son esos? —indagó David cuando continuaron caminando en dirección a la costa, aunque les faltaba un buen trecho.

—Nos vamos justo al sitio donde nos despedimos hace doce años.

Bajaron a la playa de Venecia a una hora de la tarde en la que había poca gente paseando pero aún era de día. Se sentaron sobre unas toallas que había llevado Javier en la mochila. El mar estaba en calma, apenas sin olas y la temperatura a mediados de mayo era agradable.

—Creo que es el momento de dar señales de vida en las redes sociales... —comentó el pelirrojo mientras cruzaba las piernas y jugueteaba con la fina arena y unas conchas.

—¿Te ves con ánimo? —Se aseguró Javier.

David asintió y le tendió su teléfono para que le grabase.

—Será un mensaje breve.

—Cuando tú me digas —comentó sujetando bien el móvil.

—Luego lo editaré un poco, dale ya —dio permiso.

—Ok, allá vamos.

—Hola, Davigamers y detractores, os habréis dado cuenta de que llevo días sin pasarme por aquí. Bien, estoy en una preciosa playa del mediterráneo con mi novio. He leído vuestros mensajes de odio, y también los de ánimo. Muchos me han dejado de seguir porque, por lo visto, tener una pareja de tu mismo sexo no es compatible con los videojuegos. Gracias a los que, a raíz de esto, me habéis defendido con uñas y dientes. Ahora tengo más seguidores, cosa curiosa, ¿verdad? Este vídeo no será muy largo, porque tengo muchas cosas que hacer a partir de ahora. Se vienen cambios, cambios importantes. No os preocupéis, seguiré como siempre en cuanto retome las redes, ahora estoy de vacaciones y voy a disfrutarlas todo lo posible. Así que mis Davigamers incondicionales, gracias de todo corazón. ¡Hasta pronto!

Javier paró la grabación y sonrió a David, muy orgulloso. Se adelantó hasta él y se hicieron una *selfie* con los rostros pegados mejilla contra mejilla.

—Te quiero, Davi. Eres el mejor.

—Tú sí que eres el mejor… —Le acarició la barbilla rasurada y luego lo abrazó buscando sus labios con desespero.

Acabaron tumbados sobre la arena, riéndose. Se miraron a los ojos con un amor fuera de lo común.

—¿Cuándo quieres volver a Japón? —le preguntó Javier mientras le acariciaba el cabello.

—Si consigues ir a los Juegos Olímpicos, nos vamos en noviembre de ese año a ver el *momiji*[42].

—¿Eso es como el otoño?

—Más o menos, sí.

—Ya tengo un aliciente nuevo... ¿Y si me llevo alguna medalla? —añadió.

David sonrió, pensando una buena respuesta.

—Adoptamos a otro gato —respondió de forma certera.

—¡Ay, Dios mío! Tengo que ganar como sea, ¡cómo sea! —afirmó apretando el puño y poniendo cara de taekwondo.

—Mira que eres tonto... Y es lo que más me gusta de ti... —Fue David quien le acarició el largo cabello durante un buen rato mientras Javier se relajaba con los ojos cerrados, tumbado a su lado.

—Nunca olvidaré el día en la playa de Kamakura —susurró el hombretón mientras se dejaba mimar—. Me costó tanto que lo entendieras por fin.

—Es que no me lo podía creer, cariño.

—¿Te lo crees ya? —Javier entreabrió los ojos y le miró.

Como respuesta recibió un tierno beso en los labios que fue devuelto con la misma entrega.

—A veces temo que salga mal porque te canses de mí en los malos momentos. Luego recuerdo que me quieres a pesar de mis taras, que no me las echarás jamás en cara mientras yo haga lo posible por paliarlas.

—Si alguna vez te reprocho algo de forma injustificada, entonces no te mereceré. Creo que somos perfectos el uno para el otro, así que no me preocupan esas cosas. Soy tu mejor amigo, soy tu amante y soy tu amor. Y tú eres lo mismo para mí. Juntos somos una familia, ¿vale?

—Nunca me había sentido tan liberado, ni tan querido, ni tan feliz —confesó con los ojos llorosos—. Es como si todas las penurias mentales que he tenido que pasar hubiesen sido porque debía llegar hasta el día en el que estaríamos tú y yo juntos. Ahora valoro la vida, entiendo mejor lo que es el amor genuino y me quiero más.

Javier le retiró las gafas y besó sus pestañas mojadas, las pecas de sus mejillas y las de sus labios, esas que tanto le gustaban.

Se abrazaron con fuerza y escucharon el sonido del Mediterráneo hasta que anocheció y la luna creciente hizo que subiese la marea.

Cogidos de la mano se adentraron en la calidez del mar en calma, observaron los pececillos a su alrededor y el lecho marino, tal y como habían hecho en ocasiones cuando eran pequeños. Rieron con fuerza recordando aquellos veranos y se besaron prometiéndose intentar ser lo más felices que la vida les permitiera serlo.

---

[42] Es el término japonés utilizado para describir el fenómeno natural del cambio de colores de las hojas en otoño

-Epílogo-

El *momiji* dotaba a los paisajes de Japón de una belleza extraordinaria, en especial en Kioto, donde los templos estaban rodeados de extensos y espectaculares jardines y bosques. Los colores del otoño se mezclaban entre rojos intensos, pardos, verdes de distintos tonos y amarillos dorados.

Aquella mañana de noviembre, en el templo budista de Kyomizu-dera, construido en lo alto de una colina, David y Javier pasearon, cogidos de la mano, por la larga pasarela que unía el templo principal con una de las pagodas.

Al llegar a ella pudieron apreciar la espectacularidad de la estampa, con el templo y sus distintas construcciones, sobre aquella colina, además de la vegetación, los frondosos árboles, la robusta estructura de madera que sujetaba el templo y la otra pagoda recortada al fondo contra el límpido cielo de un brillante azul celeste. En lontananza se apreciaba también la ciudad de Kioto.

Javier miró a David con expresión fascinada y este se sonrió. Aquel viaje solo estaba dedicado al turismo tradicional. Un premio que ambos se merecían tras un año intenso, lleno de cambios y metas alcanzadas.

David había logrado que su empresa comenzara a crecer poco a poco, sin dejar de ser creador de contenido, y Javier tenía una medalla de bronce en su categoría, ganada en los Juegos Olímpicos. No era de oro, pero le supo como tal porque, gracias a ella no le faltaba el trabajo y, además, Gigo había llegado a sus vidas: un gatito cabezón y parlanchín mimoso hasta el extremo.

Deshicieron el camino, bajaron hasta la base de la estructura que sujetaba el mirador del templo, y observaron con embrujo el lago a sus pies, reflejando como un espejo la otoñal estampa que los rodeaba.

—No me puede resultar más bonito. Creo que a partir de ahora este será mi templo predilecto, sí —afirmó Javier—. No hay nada en él que no me guste: ni las fuentes, ni los colores, ni tú.

—Serás zalamero —respondió David con una sonrisa, mientras se ponía en marcha tironeando de él—. ¿Quieres pasear por el Camino de la filosofía? Así caminamos en vez de coger tantos autobuses.

—Me parece bien todo lo que me propongas, porque me encanta Kioto. —La agitación de Javier alegró sobremanera a su chico.

—Pues solo llevamos un día, nos queda mucho por ver.

Fueron andando de camino a la salida del templo, hasta comenzar a descender por la cuesta Kiyomizuzaka, donde a sendos lados se levantaban infinidad de comercios de todo tipo, sobre todo de estilo tradicional, los cuales ya habían visitado al ascender.

Les costó llegar hasta el Camino de la filosofía un buen rato, pero reconocieron el canal jalonado por cerezos y decidieron caminar por el lado izquierdo, observando a los patos nadar y mojarse.

—Las casas son preciosas, y caminar sobre las hojas caídas de los árboles, ese crujir… Contigo a mi lado —dijo Javier mirando a David—. No sé, es tan bonito, tan sumamente tranquilo pasear por este lugar mágico…

—Me haces muy feliz, ¿sabes? —susurró David—. Y me enorgullece ser tu pareja.

Javier se detuvo y lo asió de ambas manos, acariciándolas con los dedos pulgares, intentando encontrar las palabras con las que responder a aquella declaración de amor tan hermosa. Lo meditó y decidió ser fiel a sí mismo, siempre intentando hacer sonreír a David.

—Tengo hambre. ¿Pedimos un *ramen* para dos? —propuso.

Los pecosos labios de David se curvaron hacia arriba y de su interior brotó una risa divertida. Lo miró a los ojos y lo besó con ellos. Luego asintió y continuaron caminando cogidos de las manos.

Fin

¿Y sí...?

David se quedó sentado sobre la arena de la playa de Venecia, donde solían ir Javier y él a bañarse. Había quedado allí con su amigo, aunque este no sabía para qué. Prefería decírselo lejos del resto del grupo de amistades, en confidencia.

Estuvo observando cómo el cielo cambiaba de color en aquellos primeros días de septiembre, en los que se hacía de noche más temprano. La mayoría de turistas se habían ido ya. Él lo haría al día siguiente junto a sus padres. Aquello le hizo sentir congoja pues no deseaba volver a Madrid nunca, y menos en aquellas nuevas condiciones. Ojalá se hubiera podido quedar en Gandía para siempre, con Javier y su familia no disfuncional.

El muchacho en cuestión se sentó de pronto a su lado, adornado su rostro por esa sonrisa eterna que lo caracterizaba. Cada día era más guapo, con el pelo castaño que ya le llegaba hasta los hombros. Ese año estaba más alto y fuerte, esto último gracias a las clases de taekwondo que tomaba.

—¿Qué pasa, chiquitín? —Javier pasó el brazo por encima de los menudos hombros de David, que se puso a temblar un poco con aquel contacto—. ¿Qué sucede? ¿Davi?

Este lo miró con lágrimas en los ojos.

—Mis padres se divorcian... —le dijo al fin.

Javier pestañeó y tragó saliva.

—Vaya... L-lo siento mucho. No se les veía muy bien, pero tampoco era de esperar algo así.

—Lo peor no es eso, sino que este es mi último año aquí...

Javier se quedó pálido y con mal cuerpo. Aquello quería decir que no volvería a ver a David al año siguiente, probablemente nunca más.

—¿No vas a volver? —preguntó con tono desesperado.

David negó con la cabeza y la posó en el hombro de su mejor amigo desde que tenían ambos 8 años.

Javier cerró los ojos, aguantando las lágrimas. No solo por la pérdida de su mejor amigo, sino por la palpable angustia de este. Los veranos eran lo único bueno que el chico tenía, el resto del tiempo no lo pasaba muy bien dada su forma de ser solitaria y tímida.

—No tenemos que dejar de ser amigos, ni perder el contacto, Davi. Seremos amigos para siempre, nada nos separará —afirmó con contundencia, intentando ser positivo por los dos.

—¿Lo crees de veras?

—Sí... Nuestra amistad es más fuerte que todo eso, que todo lo que pase a partir de ahora.

—Gracias… —David no le creyó, porque la vida daba muchas vueltas, pero prefirió no ser agorero.

Se quedaron callados y quietos en aquella postura, escuchando el sonido de las olas y observando cómo se iba haciendo de noche, sin querer romper la despedida.

David se había dado cuenta de que era bisexual aquel mismo verano, pues la cercanía de Javier le turbaba. Su primer amor era su mejor amigo, el único que le entendía de veras y con el que lo pasaba bien. Por eso la pérdida era doblemente dura, aunque de algún modo lo prefirió así. Alimentar unos sentimientos no correspondidos hubiese sido más duro de sobrellevar. Al menos pasaría página en ese sentido y la amistad quedaría intacta, al igual que su delicado corazón. Solo tenía 16 años, volvería a enamorarse. A ser posible de una chica.

Pero los sentimientos de Javier no eran distintos a los de David. En su caso estaba sufriendo triple: que su mejor amigo no volviese, que le gustase muchísimo y no poder declararle sus sentimientos y decirle que era gay. Si no era con David, no quería nada serio con ningún otro. O al menos eso creyó.

El pelirrojo se apartó sin levantar la cabeza, con la intención de ponerse en pie.

—Tengo que ir a casa a hacer la maleta. Nos vamos mañana.

—¿No te ibas el domingo? —dijo con desespero, asiéndole de la fina muñeca.

—Sí, pero la bronca que han tenido ha sido tan gorda que mi padre ha dicho que mañana —le explicó con la voz quebrada.

—¡Joder! —estalló Javier—. No quiero que te vayas… —Se echó a llorar como un niño chico.

—Eh… No te preocupes. Cuando seamos mayores de edad seguro que nos podremos ver. Solo quedan dos años, mientras seguiremos en contacto —explicó intentando ser positivo.

—Pasemos la noche juntos… —susurró Javier—. Tú y yo solos, charlando por ahí, dando vueltas. Por favor… —rogó con voz quebrada.

A David se le cayó la careta y miró a Javier de una forma tan intensa que proyectó todos los sentimientos que tenía por él, sin poder hacer nada por evitarlo.

Decían que los ojos besaban antes que los labios, y así lo sintió su amigo, que también le miró de la misma forma.

Se quedaron largo rato observándose de forma mutua el rostro, los ojos, los labios…

David no se lo pudo creer del todo, pero aquellos ojos verdes le anhelaban, por mucho que el raciocinio le insistiera en que era fruto de su imaginación.

A Javier le sucedió lo mismo. El chico pelirrojo que le gustaba tanto le devolvía la misma mirada de anhelo. Quería besar su boca pecosa y rosada, abrazar su cuerpo menudo, decirle lo mucho que le había robado el corazón.

—Pasemos la noche juntos… —susurró reiterando la propuesta.

—Vale…

Como había gente en la playa y en el paseo marítimo, se pusieron en pie sin tocarse, aunque se murieran de ganas por darse la mano.

—Hagamos una cosa… Tú te vas al apartamento, haces la maleta, cenas… Y yo vuelvo al chalet con mis padres y les digo que estaré un rato largo fuera, contigo.

David asintió en silencio, nervioso y con el corazón desbocado por la emoción.

—¿Vendrás a buscarme?

—Claro que sí. ¿A las diez?

—Vale…

Javier le rozó los dedos con la mano, acercándose a él y mirándolo con intensidad, con una que era nueva para David, que le sonrió con timidez.

Después de eso se separaron y volvieron a sus respectivas casas, nerviosos como nunca antes en toda su vida.

oOo

Javier se duchó y se puso guapo, echándose la colonia de su padre. Estaba tan inquieto que casi se le cayó al suelo. Para colmo, su madre le dio un susto de muerte.

—¿Seguro que has quedado con David? Porque te has emperifollado pero bien —le dijo Isabel—. Puedes decirnos que tienes novia, no te preocupes.

—¡No tengo novia! Y sí que he quedado con David. —En ninguno de los casos mintió.

—Usted perdone —se burló su madre. —¡Papá! Tu hijo se ha puesto tu colonia.

Se escuchó una carcajada al fondo del salón, larga y certera.

—¡Ya se ha echado novieta! —se le oyó decir.

—¡Qué no, joder! —contestó muerto de la vergüenza—. ¡Paso de las tías! Son todas idiotas. He dicho que me voy con David un rato.

—Bueno, pero no llegues tarde.

Le dio un beso a su hijo, que este rechazó.

—¡Mamá! Quita.

—Ay, qué le da asco su madre. Adolescentes… —bromeó.

—No me esperéis despierto. Y no pasa nada si vuelvo por la mañana —soltó como si tal cosa.

—Si vas a hacer algo, usa preservativo —le dijo para chincharlo.

—¡¡Mamá, joder!! —gritó muerto de vergüenza antes de salir por la puerta del chalet y cerrarla de golpe.

—¡Papá! —Isabel llamó a su marido.

—¿Qué pasa?

—¡Que tu hijo se ha echado novio, no novia!

Hubo un silencio.

—Vale —fue la escueta respuesta—. Si es David me parece bien.

—A mí también… —suspiró Isabel.

Su niño se hacía mayor. Ley de vida.

oOo

David, dado el tenso ambiente familiar que se podía cortar con un cuchillo, solo le dijo a su madre que iba a dar una vuelta con Javier por ahí, dado que no se verían más.

Esta, afectada por su reciente separación, y por las circunstancias, le dijo que lo pasara bien.

—Sé feliz tu último día, ¿vale?

—Claro, mamá.

—Siento mucho lo que ha pasado… Pero estaremos juntos —le prometió mientras lo abrazaba contra ella—. Te quiero mucho.

—Y yo a ti, mamá.

Tere lo miró con amor puro.

—Vete con Javier, pero no llegues tarde… Mañana nos vamos a las siete…

—A las siete estaré preparado —le aseguró—. Pero no te preocupes si me paso la noche con él. Es mi mejor amigo y…

—Ya lo sé, cariño. —Le dio un beso en el pelo y sonrió guiñándole un ojo. Antes de que David se fuera le habló—: Siempre te querré, pase lo que pase, seas como seas, te guste quien te guste…

David se quedó parado delante de la puerta y la miró, asintiendo con la cabeza. Después se fue para esperar en el portal a que llegase Javier.

Este apenas tardó, puntual como un reloj suizo.

A ambos se les desbocó el corazón al verse de nuevo, de una forma totalmente libre, sin tener que disimular.

Javier abrazó a David con fuerza, rodeándolo por la estrecha cintura, y el pelirrojo le pasó los brazos por el cuello. Se quedaron así un rato, sintiéndose el uno al otro con el corazón desbocado.

Unas voces vecinales que les llegaron desde ascensor hicieron que se separaran muertos del susto. Saludaron a esos vecinos y, cuando estos se fueron, decidieron salir también del conglomerado de apartamentos, aunque sin cogerse de la mano todavía.

Javier condujo a Davi hacia una zona de la playa donde no solía haber nadie, cerca de un espigón. Tuvieron que caminar bastante, pero valió la pena con tal de quedarse solos.

En ese momento, mientras bajaban a la arena, Javier le asió de la mano y sus dedos se entrelazaron al fin. David no pudo ser más feliz y lo mismo sintió Javier.

Se sentaron sobre una toalla que había llevado Javier y este no perdió más el tiempo. Asió a David por el rostro y buscó sus labios con desesperación. Ambos, totalmente inexpertos en el arte de besar, simplemente se dejaron llevar por sus impulsos.

Acabaron tendidos sobre la toalla, David debajo de Javier, que no podía parar de besarlo, no solo en aquellos labios tiernos y anhelantes, sino también en el resto de su rostro, sus orejas y su cuello. Todo ello sin dejar de sujetarle la nuca con una de su manos.

—Me vas a comer... —bromeó David cogiendo aire.

—Yo siempre tengo hambre, ¿no lo sabes?

El pelirrojo levantó la cabeza para atraparle la boca y morderla con ansia, lamiéndole con la lengua.

El resultado de aquella provocación fue que Javier se enardeciera más. Tenía 16 años y estaba en plena efervescencia sexual. Claro que había pensado en acostarse con David, un montón de veces, pero no creyó nunca que pudiese hacerse real. Así que bajó la mano hasta su entrepierna y la apretó, notando la evidente excitación del chico.

—Para... No —lo detuvo David.

—¿Eh? ¿No?

—No estoy preparado para eso, perdóname... Ni siquiera hoy me he levantado pensando en que acabaría enrollándome contigo. Mucho menos que...

—Que folláramos —soltó Javier, a lo bruto.

—¡Javier! —le espetó dándole un golpe en el pecho.

—Perdóname, me he emocionado. Tienes razón... Ni siquiera sabría cómo tocarte... Y quiero que sea especial para los dos.

—Aunque tengamos que esperar, ¿vale? Pero puedes besarme todo lo que quieras...

—¿Toda la noche?

—Toda... —David le apartó el pelo del rostro y dejó un ósculo en la comisura de sus labios.

—Me gustas muchísimo —se declaró.

—Y tú a mí... Estoy viviendo un sueño.

—Y yo... ¿Quieres ser mi novio? —indagó Javier con el corazón en un puño—. Con derecho a roce en el futuro —añadió.

David se echó a reír.

—Sí, claro que quiero. Ven... —le pasó los brazos por el cuello para poder fundirse con él en besos infinitos.

Acabaron abrazados, mirando el cielo cuajado de estrellas y escuchando el mar, durante horas, charlando.

—¿Te gustan más los videojuegos o yo?

—Eso es muy complicado de responder...

Javier le miró con el ceño fruncido, pero un beso entre las cejas suavizó su gesto y le dio la respuesta que quería.

—Vas a conseguir que me enamore de ti perdidamente... —susurró Javier—. Si es que no lo estoy ya...

David suspiró emocionado.

—No entiendo cuándo ha pasado esto. Ni cómo…

—Soy consciente de mi homosexualidad desde hace mucho tiempo. Me gustabas ya con 8 años, de forma platónica. Llevo colado por ti desde entonces. Pero al hacernos mayores… Pues, eso…

—Oh… —gimió David—. Yo me he dado cuenta este verano. Me gustan también las chicas, pero tú más.

—Entonces eres bi. No me cambies por una tía, ¿eh?

—Ni loco te cambiaba por otra persona. Eres tú quien me gusta.

El pelirrojo posó la cabeza sobre su pecho y dejó que Javier le acariciase el pelo.

Por desgracia las horas pasaron rápido y tuvieron que ponerse en pie, aunque lo hicieron con lentitud, cogidos de la mano a las seis de la mañana, de camino a los apartamentos de David.

Se miraron a los ojos, se asieron de los rostros y se besaron como si nunca más fueran a volverse a ver en toda su vida.

—Te quiero, David… —Javier se echó a llorar como un niño chico.

—Yo también te quiero —le respondió con afectación—. Prométeme que esto no se acaba aquí, prométemelo.

—Te lo juro por mi vida.

Se besaron repetidas veces antes de que David tuviera que irse. Sus manos se separaron, y también sus ojos.

Javier lo vio desaparecer en el interior del portal y suspiró. Se dio la vuelta y volvió a casa, agotado en todos los sentidos.

oOo

Cuando entró en el chalet, con sigilo, y se metió en la cama, unos toquecitos en la puerta lo asustaron. Su madre asomó la cabeza y luego se deslizó en el interior del cuarto para sentarse a su lado. Le acarició el pelo a su hijo al comprobar que había estado sollozando.

—¿Quieres contarme algo? —Le dio pie.

—No. —Se cerró en banda, muerto de miedo.

—¿Has estado con David? No pasa nada… Es normal que te afecte que se vaya.

—No va a volver…

—Ya, me llamó Tere y me lo contó todo. Son cosas que pasan, hijo. Escapan a nuestro control. Sé que David es muy importante para ti.

—No, no lo sabes, no tienes ni idea…

—Te equivocas, sí tengo idea. Mira, solo tienes 16 años, pero no creo que estés confundido. Te lo vuelvo a preguntar: ¿quieres contarme algo?

Javier dudó al principio pero decidió abrirse.

—Quiero a David… —musitó.

—¿En qué sentido le quieres?

—Seguro que te parece una chorrada, porque soy un adolescente, pero le quiero como novio.

—Bueno… No me sorprende, es un chico muy dulce y bueno.

Javier miró a su madre un tanto anonadado, pues se esperaba algún tipo de negativa o rechazo.

—¿Has oído lo que te he dicho?

—Hijo, no estoy chocha todavía, ¿eh? Tengo 49 años.

—Es mi novio.

—Ya, ya te he entendido. ¿Te gustan los chicos? ¿O también las chicas?

—Los chicos. B-bueno, David… Solo David. Quiero estar con él, aunque solo tengamos 16 años. Quiero estar con él —reafirmó por si le surgían dudas a su madre.

—Tu padre y yo estamos juntos desde los 17.

—¿Se lo vas a decir a papá?

—No, se lo dirás tú cuando te veas preparado. Pero ya te adelanto que al papá no le importa si eres gay. ¿Vale? Y además, David le parece un chico muy maduro para su edad.

—¿Me ayudarás a verlo? Quiero ver a David todo lo posible…

—Por supuesto. Pero ya te digo que no os vamos a dejar solos hasta que seáis mayores de edad, y la condición es que te centres en tus estudios y en el deporte. Como vea que flojeas…

—¡Te lo prometo! ¡Seré el mejor estudiante del mundo! —La abrazó con mucha emoción.

—Ahora no te da asco tu madre —dijo ella entre risas, pero lo estrechó contra sí—. Venga, a dormir.

Le dio un beso en la frente y lo dejó recostado, más tranquilo al haber declarado cómo se sentía.

Antes de cerrar la puerta le susurró algo:

—Espero que no hayáis hecho nada indebido.

—No…

—Porque no te ha dejado, ¿verdad?

—Verdad…

—Bien, es un chico con cabeza, no como tú.

—Lo es…

Isabel cerró la puerta y dejó a su hijo solo.

Este le mandó un mensaje de texto a David, sonriendo de felicidad.

oOo

David ya estaba en el coche cuando recibió el mensaje de su amor. Lo leyó y sonrió con lágrimas en los ojos.

Se lo he dicho a mi madre y me ha prometido que nos ayudará a vernos hasta que seamos mayores de edad y hagamos lo que queramos. Te quiero, creo que eres mi alma gemela, y siempre cuidaré de ti.

Tere miró a su hijo desde el asiento delantero y le sonrió.

—¿Estás bien, cariño?

—Muy bien, mamá…

Habían tenido una breve conversación antes de irse, sin que su padre se enterara de nada, ni siquiera de que su hijo se había pasado la noche fuera.

David le había contado a su madre que era bisexual y que estaba enamorado de Javier. Ella lo abrazó contra sí y le prometió que los ayudaría. Así que eso le dejó más tranquilo.

Observó cómo se alejaban de Gandía, del recuerdo de ocho veranos felices. Algún día volvería allí por su propia cuenta y tendría una relación plena con Javier. Cogió el teléfono y le respondió:

Yo también se lo he dicho a la mía y me ha prometido lo mismo. Te quiero, creo que eres mi alma gemela, y sé que cuidarás de mí, tanto como yo de ti.

Nota de la autora

⁘ ⁘ ⁘ ⁘

Esta nota también la podéis encontrar en la novela *Confesiones de un sacerdote enamorado,* pero creo conveniente dejarla aquí para que entendáis porqué me gusta añadir versiones alternativas de los mismos personajes:

Platón, filósofo griego de la antigua Grecia, dedicó unas líneas a explicar cuáles eran las razones detrás del deseo humano por encontrar un alma gemela. Cita a Aristófanes, que fue un famoso dramaturgo griego que vivió en el siglo V a.C. Una de sus obras más conocidas es *«Las aves»,* en la que se cuenta la teoría de la otra mitad, también conocida como la teoría del alma gemela, que es un concepto que sostiene que los seres humanos originalmente eran seres completos con cuatro brazos, cuatro piernas y dos caras. Sin embargo, debido a la arrogancia de los humanos, los dioses los dividieron en dos mitades, obligándolos a buscar su otra mitad para estar completos de nuevo.

Aristófanes presenta una versión de esta teoría en la que Zeus divide a los seres humanos en dos mitades y las lanza al mundo para que busquen su otra mitad. La obra describe cómo los personajes masculinos buscan sus mitades femeninas y viceversa, y cómo algunos personajes buscan incluso sus mitades del mismo género.

Esto sugiere que cuando dos personas que son almas gemelas se encuentran, experimentan una conexión profunda y significativa que los lleva a perderse el uno en el otro. Esta conexión se basa en el amor, la amistad y la intimidad, y es tan fuerte que los dos individuos nunca querrían perderse de vista.

En resumen, se refiere a la idea de que el amor verdadero se basa en encontrar a alguien que es la mitad perfecta de uno mismo y que cuando se encuentra a esa persona, la conexión es profunda y eterna.

⁘ ⁘ ⁘ ⁘

—A R T—

¿Conocéis ya mis otras novelas homoeróticas?

Os invito a leerlas en Amazon

Printed in Great Britain
by Amazon

41526581R00067